WLADIMIR KAMINER

Karaoke

AF214896

GOLDMANN

Lesen erleben

Buch

Wie tanzt man als Pinguin »Die Eroberung des Nordpols« im Volksballett-Kollektiv? Warum sehen die Mitglieder der Popband »Der kuschelige Mai« alle aus wie junge Gorbatschows? Und wieso funktioniert der Kassettenrekorder *Romantiker 306*, ein Wunderwerk sowjetischer Technologie gebaut aus Abfällen der Raketenindustrie, nur auf heimischem Territorium? Von diesen Mysterien und von anderen Begegnungen mit der Welt der Musik erzählt Wladimir Kaminer in seinem neuesten Buch. Alles begann damit, dass ihm seine Klassenlehrerin Klavierunterricht verordnete, damit er in seiner Freizeit nicht auf dumme Gedanken kam. Statt des Klaviers bekam der junge Wladimir Kaminer eine Sperrholzgitarre, und seither versucht er, das Geheimnis der Musik zu ergründen. Dabei geht er nicht zuletzt auch der Völker verbindenden Kraft der Musik nach, von sozialistischen Verbrüderungsliedern bis hin zu seiner berühmten Russendisko..

Autor

Wladimir Kaminer wurde 1967 in Moskau geboren und lebt seit 1990 in Berlin. Mit seiner gleichnamigen Erzählsammlung »Russendisko« sowie zahlreichen weiteren Büchern avancierte Wladimir Kaminer zu einem der beliebtesten und gefragtesten Autoren in Deutschland.

Von Wladimir Kaminer lieferbar:
Russendisko. Erzählungen • Militärmusik. Roman • Schönhauser Allee. Erzählungen • Die Reise nach Trulala. Erzählungen • Mein deutsches Dschungelbuch. Erzählungen • Ich mache mir Sorgen, Mama. Erzählungen • Karaoke. Erzählungen • Küche totalitär – Das Kochbuch des Sozialismus. Erzählungen • Ich bin kein Berliner – Ein Reiseführer für faule Touristen. Erzählungen • Mein Leben im Schrebergarten. Erzählungen • Salve Papa. Erzählungen • Es gab keinen Sex im Sozialismus. Erzählungen • Meine russischen Nachbarn. Erzählungen • Meine kaukasische Schwiegermutter. Erzählungen • Liebesgrüße aus Deutschland. Erzählungen • Onkel Wanja kommt – Eine Reise durch die Nacht. Erzählungen • Diesseits von Eden – Neues aus dem Garten. Erzählungen • Coole Eltern leben länger. Geschichten vom Erwachsenwerden • Das Leben ist keine Kunst – Geschichten von Künstlerpech und Lebenskünstlern • Meine Mutter, ihre Katze und der Staubsauger – Ein Unruhestand in 33 Geschichten • Goodbye, Moskau – Betrachtungen über Russland • Einige Dinge, die ich über meine Frau weiß. Erzählungen • Ausgerechnet Deutschland. Geschichten unserer neuen Nachbarn • Die Kreuzfahrer. Erzählungen

Sämtliche Titel sind auch als E-Book erhältlich.

Wladimir Kaminer

Karaoke

GOLDMANN
Lesen erleben

Die Originalausgabe erschien 2005 unter dem Titel
»Karaoke« im Manhattan Verlag, München,
in der Verlagsgruppe Random House GmbH

MIX
Papier aus verantwortungsvollen Quellen
Paper from responsible sources
FSC® C105338

Die für dieses Buch verwendeten
Papiere sind FSC®-zertifiziert

2. Auflage
Genehmigte Taschenbuchausgabe August 2007
Copyright © der Originalausgabe 2005
by Wladimir Kaminer
Copyright © dieser Ausgabe 2006
by Wilhelm Goldmann Verlag, München,
in der Verlagsgruppe Random House GmbH
Umschlaggestaltung: Design Team München
Umschlagillustration: Copyright © Vitali Konstantinov,
Agentur Susanne Koppe
AB · Herstellung: Str./BOD
Printed in Germany
ISBN: 978-3-442-54243-7

www.goldmann-verlag.de

Inhaltsverzeichnis

Vorwort
zum Handbuch eines DJs

Eine Revolutionslegende besagt, dass Lenin die Literatur und die bildende Kunst nicht leiden konnte, dafür aber ein großer Musikliebhaber war. Kurz bevor er starb, hatte Lenin geheime Anweisungen für die Genossen hinterlassen, die die sowjetische Kulturpolitik in der nächsten Zeit bestimmen sollten: »Angesichts des völligen Analphabetismus der Bevölkerung bleiben unsere wichtigsten Künste die Musik und der Zirkus«, stand dort schwarz auf weiß. Die Literaten und Maler erschossen sich oder gingen ins Exil. Die Bevölkerung wurde aufgefordert, Volksorchester und Musikbrigaden zu gründen.

In dieser Zeit entstanden epochale Musikwerke, die eine Mischung aus Musik und Zirkus darstellten. Eine »Rote Oper« mit Pferden, Vokalisten, Akrobaten und mehreren hundert Schauspielern fuhr von Moskau nach Turkistan und veranstaltete überall revolutionäre Open-Air-Konzerte. In Baku schuf der rote

Komponist Avraamov eine Symphonie mit der ganzen Kaspischen Flotte und einer Blockflöte. An der Aufführung nahmen zwei Artillerie-Regimenter teil, eine Maschinengewehr-Brigade, mehrere Wasserflugzeuge und alle Hafenbetriebe der Stadt. Die Partitur dieses beeindruckenden Werkes las sich wie ein Wagner-Fiebertraum: Nach der fünften Salve des ersten Artillerie-Regiments setzten die Sirenen des dritten Hafenwerkes ein, nach der zehnten Salve begann das Stakkato der Maschinengewehre. Der Komponist selbst stand am Ufer und spielte dazu ein Solo auf seiner Blockflöte. Aus heutiger Sicht wirkt eine solche Inszenierung übertrieben, doch der Musikzirkus ist nach wie vor die volksnaheste Kunst, Beispiel *Musikantenstadl*.

Das Theater ist elitär und kopflastig: Je revolutionärer die Theatermacher, desto spießiger ihre Kunst. Die Bücher sind meistens dick, nicht illustriert und preisgebunden, das Fernsehen macht auf Dauer dumm und schläfrig. Nur die Musik und der Zirkus halten die Bürger wach.

Die erste Musik meines Lebens kam aus einem Radioempfänger in der Küche, der so hoch an der Wand hing, dass ich ihn nicht einmal auf einem Hocker stehend ausschalten konnte. Dieses *Radio* ging mir furchtbar auf die Nerven. Als Kind musste ich früh aufstehen, damit meine Eltern mich im Kindergarten abgeben und zur Arbeit gehen konnten. Draußen war es noch dunkel, wenn das Radio um sechs Uhr von alleine zu spielen anfing, zuerst kam die sowjetische Hymne, dann folgten aufdringliche Melodien zur Einstimmung der Bevölkerung auf den Arbeitstag, und um sieben kam die humoristische Sendung *Bleib gesund!*, deren Moderator von unserem ganzen Kindergarten-Kollektiv aus vollstem Herzen gehasst wurde. Doch egal, wie sehr wir diesen Musikzirkus verabscheuten, er hielt uns wach.

Später war es dann die Rockmusik auf Underground-Konzerten, die mich aus dem Dornröschenschlaf eines sowjetischen Schülers riss. Und noch später spielte, egal was ich machte und wohin ich ging, immer irgendeine Musik im Hintergrund. Es war also nur eine Frage der Zeit, wann ich ein DJ wurde. Denn wer bleibt immer wach, wenn die anderen schlafen? Wer tanzt, wenn die anderen stehen und liegen, wenn sie nicht mehr können, wenn sie sich besaufen und umfallen, wenn sie nach Hause gehen? Der DJ ist Herr über den Musikzirkus der Gegenwart. Diese Leute sind Helden der Arbeit, manche können drei Tage hintereinander ohne Pause auflegen. Was, spielt dabei keine Rolle, Hauptsache, es kracht.

Es gibt Volltreffer-DJs – sie setzen auf Songs, die alle kennen und aus dem Stand nachpfeifen können, die gut zum Tanzen geeignet sind, aber allen, einschließlich dem DJ selbst, total auf den Wecker gehen. Die anderen, die so genannten Loser-DJs, stehen auf musikalische Werke, die ein Stückchen daneben liegen, von einem Volltreffer aus gesehen. Dabei machen sie aber mit aller Kraft deutlich, dass dieses Schräge gerade geplant ist, weil Mainstream unsäglich ist und sie schon immer scharf darauf waren, etwas daneben zu liegen. Dann gibt es noch Revoluzzer-DJs, die echte Revoluzzer-Songs allen anderen vorziehen. Diese Songs sind verdammt gut, sehr anstrengend zum Anhören und überhaupt nicht tanzbar. Es kümmert aber die Revoluzzer-DJs nicht, wie sie beim Publikum ankommen und ob ihre Musik tanzbar oder nicht tanzbar ist. Es geht ihnen um nichts weniger als um die Revolution. Bei unserer Russendisko mischen wir alles durcheinander, Hauptsache, es heizt an: ein Volltreffer, zwei Loser, ein revolutionäres Lied und noch einmal das Ganze von vorn. Man hat nie mehr als drei Minuten Zeit, um darüber nachzudenken, was als Nächstes kommt – und alles, was man zu Hause vorbereitet hat, taugt nichts.

Dieses Handbuch ist an den vielen Party-Abenden

entstanden, in den Nächten, die ich hinter dem DJ-Pult verbracht habe. Manche Seiten entstanden im Keller des Kaffee Burger, zwischen Bierkisten und Weinkartons, wenn ich mir während der Disko eine Pause gönnte. Deswegen hat dieser Text keinen Anfang und kein richtiges Ende, man weiß nie, was als Nächstes kommt. Dafür wird in diesem Buch viel gesungen, getanzt und rumgemeckert, weil DJs ja eigentlich unglaubliche Nörgler sind. Wenn sie alle – die Volltreffer, die Loser, die Revoluzzer – irgendwann vor ihrem Musikgott stehen, jeder vor seinem eigenen natürlich, wird er sie sicher nicht fragen, welche Musikrichtung sie bevorzugten und welche Bands ihrer Meinung nach die besten seien. Nein, das wird er nicht. »Wie war die Stimmung?«, wird der Musikgott fragen. »Habt ihr da unten richtig auf den Putz gehauen? Habt ihr alles weitergegeben, was euch gegeben wurde, und hat es euch Spaß gemacht?«

»Ja! Ja!«, werden die Volltreffer, die Loser und die Revoluzzer rufen.

»Dann ist es gut«, wird der Musikgott sagen. »Packt schnell eure besten Platten zusammen, und *welcome to Level II.*«

Er wird sie alle lieben. Denn Gott ist auch ein DJ.

Schlechte Vorbilder

Unsere erste Russendisko im Frühling, die unter dem Motto »Tanz in den Mai ohne Polizei« stattfand, verlief wie immer. Eine Reisegruppe aus Spanien zog sich vor der Bühne aus und versuchte dabei, alles, was sie brauchten, an den Unterhosen zu befestigen – Fotoapparate, Zigaretten, Biergläser. Die halb nackten Frauen badeten in Jägermeister. Kurz nach Mitternacht kam noch eine Touristengruppe aus Sachsen, sie wollte die Reisegruppe aus Spanien näher kennen lernen. Die Spanier mieden jedoch jeden direkten Kontakt mit anderen Reisegruppen; sie traten den Rückzug an, wobei sie unterwegs ihre Fotoapparate, Zigaretten und Biergläser verloren. Die Sachsen liefen ihnen in Richtung Toilette hinterher. Einer kam nach zwanzig Minuten zurück. »Alle knutschen schon, nur ich nicht!«, berichtete er frustriert.

»Nicht aufgeben!«, ermutigten wir ihn. »Die Nacht ist jung, du findest bestimmt noch dein Glück!«

Danach kam ein Journalist aus Hamburg, der DJ Jurij und mich zum Thema HipHop interviewen wollte.

»Unsere HipHop-Zeitschrift sucht gerade prominente Personen, die von HipHop keine Ahnung haben, um sie zu dieser Musik zu befragen«, erklärte er uns. »Letzte Woche waren wir bei Reich-Ranicki, heute wollen wir mit euch sprechen.«

»Gut«, sagten wir und setzten uns in eine Ecke, wo es nicht ganz so laut war. Der Journalist stellte uns einen jungen Rapper vor, der gerade in Deutschland bei vielen vierzehnjährigen HipHop-Fans eine große Nummer sein sollte. In der Russendisko, die eher von Vierzigjährigen, na ja, gut, von Dreißigjährigen besucht wird, konnte sich der Sänger unauffällig entspannen.

»Früher«, erzählte der Rapper, »habe ich hauptsächlich abstoßende ›Lutsch-meinen-Schwanz‹-Texte geschrieben. Sie kamen bei den Jugendlichen sehr gut an. Doch dann merkte ich, dass viele ein falsches Bild von mir hatten. Einige kamen zu mir hinter die Bühne und sagten: ›Na, du Ficker!‹ Da erkannte ich, welche Verantwortung ich habe, und beschloss, auch positive Texte zu schreiben. Hier zum Beispiel das Lied auf meiner neuen Platte!« Der Rapper drückte mir die Kopfhörer in die Hand. »Und hier ist der Text dazu, falls du ihn nicht verstehst.«

Ich hörte mir seinen Song an und verglich das Gesungene mit dem Text auf dem Zettel. Alles stimmte überein. »Du sollst zu deinen Eltern gut sein, mach alles klar mit den Eltern und hör auf, sie zu nerven, die Schule ist wichtig, sei gut in der Schule, gib deinem Leben einen Sinn.«

»Ganz toll machst du das«, sagte ich. »Du bist ein braver Rapper. Zum Glück bin ich seit fünfundzwanzig Jahren raus aus der Schule und habe mit meinen Eltern schon längst alles klar gemacht. Was willst du eigentlich von mir?«

»Neulich habe ich einen Brief von einem Jungen bekommen«, erzählte der Rapper weiter. »Nachdem er mein Lied auf MTV gehört hatte, hat er sofort Frieden mit seinen Eltern geschlossen und dann die halbe Nacht vor Glück geweint! Er hat verstanden, dass seine Eltern nur immer das Beste für ihn wollten…«

»Ob er auch in zwanzig Jahren noch so denkt?«, zweifelte ich. »Und sich nicht vorwirft: Herrgott noch mal, hätte ich nur damals diesem Plüsch-Rapper nicht zugehört und weiter mit meinen Eltern gekämpft, dann würde ich heute nicht als elender Steuerberater dastehen!«

»Gute Vorbilder sind doch das Letzte, was ein junger Mensch braucht!«, unterstützte mich Jurij. »Er

14

braucht Widerstandsgeist, um seine Vorstellungen durchzusetzen.«

»Sehr interessant!«, sagte der Hamburger Journalist, guckte uns aber verblüfft an.

»Ja, ich hatte zum Beispiel sehr schlechte Vorbilder«, erzählte ich weiter. »Jim Morrison, der Drogen verherrlichte, seinen Vater killen wollte und einen frühen Tod starb. Wir hörten ihm zu und dachten, also so schlimm wie dieser Morrison wollen wir nicht werden.«

»Meine Vorbilder waren auch alles Versager«, erklärte Jurij: »Die *Sex Pistols, Dead Kennedys, The Clash.* Curt Cobain hat gesungen: ›*I hate myself and I want to die!*‹ Oder unser Freund Eminem, der sogar seine allein erziehende Mutter killen wollte.«

»Das Gute an schlechten Vorbildern ist, dass sie in der Regel früh sterben und einen nicht das ganze Leben lang verfolgen«, fügte ich altklug hinzu. »Anders als dieses Beatles-Gespenst Sir Paul McCartney, der den Sechzigjährigen den Traum von der ewigen Jugend vertickt!«

»Eigentlich ist nur ein totes Vorbild ein gutes Vorbild!«, ergänzte Jurij.

Gemeinsam rieten wir unserem Rapper, das mit der Verantwortung sein zu lassen und weiter an seinen »Lutsch-meinen-Schwanz«-Texten zu arbeiten.

»Es kommt bei jedem Publikum gut an, wenn man darüber singt, was einen wirklich bewegt.«

Der Rapper schien ein wenig verunsichert zu sein. »Trotzdem, trotzdem, Jungs, ihr habt von der heutigen Jugendkultur wirklich keine Ahnung«, sagte er und schaute nachdenklich zwischen seine Beine. Unser neuer Bekannter gefiel sich offensichtlich in der Rolle eines positiven Vorbilds für die kommende Generation.

Wir verabschiedeten uns, und die Gäste fuhren nach Hamburg zurück. Mich beschäftigte das Thema aber noch einige Stunden lang weiter. Denn das Interessante an dieser so genannten Jugendkultur ist, dass all diese Raver, Punks und Skins irgendwann selbst Eltern werden. Und wenn sie selbst Eltern werden, philosophierte ich weiter, was machen sie dann zum Beispiel mit ihren Doc Martens? Schicken sie ihre Schuhe nach Sri Lanka oder nach Russland als Entwicklungshilfe, oder geben sie sie in die Humana-Läden zurück? Wie einst unser schlechtes Vorbild aus St. Petersburg, Viktor Zoi, der vor zwanzig Jahren sang: »Schmeiß deine Pantoffeln zum Fenster raus, Papa! Du warst einmal eine ganz freche Maus, Papa!« An diesem Lied kann ich – nun selber Papa – ewig weiterbasteln…

Wo sind deine Schuhe von Doc Martens
Wo hast du deine Glatze versteckt?
Du warst doch früher ein Kind von der Straße,
Heute suchst du bei den Kollegen Respekt.

Du warst einmal ein Punk, Papa,
Du warst einmal ein Hippie, Papa,
Du warst einmal ein Rapper, Papa,
Du warst ein ganz anderer Mensch.

Nun vergeht dein Leben zwischen Wachen
und Schlafen,
Zwischen Kühlschrank und Glotze,
Zwischen Naschen und Zappen,
Schmeiß deine Pantoffeln zum Fenster raus,
Erinnere dich doch, du warst einmal eine ganz
freche Maus.

Du warst einmal ein Biker, Papa,
Du warst einmal ein Ohoho, Papa,
Du warst einmal ein Fußballfan, Papa,
Du warst ein…

Wenn meine Kinder mich jemals fragen werden:
»Liebes Papulchen, wo warst du zwischen dem Abend
des Jahres 1999 und dem frühen Vormittag 2005?«,

werde ich antworten: Kinder, ich war DJ bei der Russendisko. Ich würde euch gerne Fotos aus dieser Zeit zeigen, leider sind die meisten unscharf und unterbelichtet, es war dort immer sehr dunkel. Ich könnte euch ein paar Lieder aus unserem damaligen Programm vorsingen, ihr werdet sie garantiert nicht erkennen, weil ich nicht singen kann. Glaubt mir einfach: Es war eine schöne Zeit. Ich habe viele Nächte in schummrigen Räumen verbracht, unter Sauerstoffmangel und vorübergehender Taubheit gelitten. Trotzdem kann ich den Job nur weiterempfehlen. Es ist nicht sonderlich anstrengend, ein guter DJ zu sein. Man braucht nur einen Treffer zu landen – ein Lied aufzulegen, das die meisten Gäste als tanzbar empfinden. Die nächsten Titel müssen dann in etwa den gleichen Rhythmus haben und sich stilistisch aneinander reihen. Eine gute Tanzstimmung will gepflegt sein, die Gäste sollten am Anfang nicht verwirrt werden, damit sie glauben, sie wären in einer ganz normalen Disko. Wenn sie sich da sicher sind, kannst du als DJ machen, was du willst. Zum Beispiel gleich nach einer Liebesschnulze einen Heavy-Metal-Song auflegen und dazu ins Mikrofon schreien: ›*Come on everybody!* Jetzt geht's los! *Dawaj, dawaj!*‹, dann aber sofort Reggae, Salsa und Punkrock hintereinander spielen, richtig auf die Sülze hauen, damit sich alle die Beine verdrehen. So macht das Tanzen wirklich Spaß.

Für die meisten DJs ist es egal, welche Art von Musik sie auflegen. Die meisten spielen nur die aktuelle Hitparade ab, deswegen arbeiten sie oft hinter einem gepanzerten Glasschild, damit das Publikum sie nicht ansprechen, sich beschweren oder sie verdreschen kann. Das haben wir nie gemacht, wir waren immer für unser Publikum ansprechbar, egal, in welchem Betrunkenheitsgrad wir oder die Leute gerade waren. Sie kamen im Minutentakt zu uns, um ihre Freude mitzuteilen oder uns zu beschimpfen, ihre Sorgen loszuwerden oder klarzustellen, dass sie noch viel bessere DJs waren als wir. »Klar«, nickten wir, »jeder ist ein DJ mit seiner eigenen Musik im Kopf.« Nur findet nicht jeder gleich einen passenden Raum, um seine DJ-Qualitäten einem breiten Publikum zu präsentieren. In allen Clubs sitzen bereits irgendwelche Plattenaufleger hinter dem Panzerglas.

Auch wir haben erst 1999 eine Heimat für unsere Russendisko gefunden. Damals beschlossen ein UPS-Brigadier, ein DEFA-Dokufilmer und ein Anarcho-Dichter, gemeinsam eine Gaststätte in Berlin-Mitte zu betreiben. Der Laden gehörte einer alten Dame, Frau Burger, und hieß dementsprechend Kaffee Burger, mit Doppel-f und Doppel-e, weil der

Schmied, der einst das Namensschild angefertigt hatte, betrunken gewesen war. In der DDR hatte diese Gaststätte trotz des unglücklichen Schildes einen guten Ruf – in der Boheme. Generationen von Lebenskünstlern, Schauspielern und Todesphilosophen versoffen dort ihre Tantiemen und Talente. Nach der Wende wurde es um den Laden immer stiller, also konnten der UPS-Brigadier, der Dokumentarfilmer und der Anarcho-Dichter das »Kaffee« zum Schnäppchenpreis ergattern. Doch obwohl die geforderte Summe sehr bescheiden war, hatten die angehenden Kneipiers nicht ausreichend Geld auf dem Konto und wollten deswegen einen alten Bekannten, einen ausrangierten Stasi-Offizier, der mit den dreien vor der Wende dienstlich zu tun gehabt hatte, mit ins Boot nehmen. Der Offizier guckte sich den Laden an, fand aber das Risiko zu groß. »Wer interessiert sich denn noch für den alten DDR-Kram«, argumentierte er.

Die letzten zehn Jahre vor der Übernahme war das Kaffee Burger fast ganz ohne Kundschaft über die Runden gekommen. Die Originaltapete von 1981 in warmen Brauntönen schmückte noch immer die Wände. Und an der Decke hing noch das Lametta von einem Achtzigerjahre-Weihnachtsfest sowie die alte DDR-Preistafel mit sozialistischen Sonderangeboten: »1 Korn und 1 Pils 89 Pfennig«, weil die Besitzerin zu alt war, um auf die Leiter zu steigen und das Schild abzuhängen. Der Dichter rief mich damals an, zeigte mir den Laden und fragte, ob ich mir vorstellen könne, in diesem historisch gesättigten Ambiente die vielfältige osteuropäische Kultur zu präsentieren. Die muffelige Atmosphäre würde hervorragend dazu passen. Ich sagte Ja.

Die Enthusiasten hatten sich inzwischen das nötige Geld zusammengeborgt und übernahmen die Kneipe. Ich nannte meine osteuropäische Veranstaltungsreihe konzeptuell »Russische Zelle«, sie sollte damit einen Gegensatz zu der verkitschten russischen Seele bilden. Zusammen mit meinem Freund, dem ukrainischen Musiker Jurij Gurzhy, haben wir dann im Burger alte sowjetische Filme über den russischen Bürgerkrieg gezeigt, die ich synchron falsch übersetzte. Wir haben Lesungen und Konzerte organisiert und alle zwei Wochen eine Russendisko-Party veranstaltet, wobei wir die Musik des russischen Underground auflegten. Der Dichter, der Filmer und der Brigadier sorgten für den Rest des Programms. Mal engagierten sie einen Doppelgänger von Freddie Mercury, der in weißen Strumpfhosen durch den Laden sprang, ein andermal einen Aktionskünstler, der eine brennende EU-Flagge in seinem Arsch verschwinden ließ. Es war also immer was los. Jeden Tag fand im Burger etwas anderes statt. Man konnte nie wissen, was am nächsten Abend passieren würde. Manchmal spielte eine traurige Hardcore-Band, und am nächsten Tag standen junge Autoren auf der Bühne, die das Publikum beschimpften.

Die neuen Chefs beschlossen, des historischen Wertes wegen die Kneipe nicht zu renovieren. Sie ließen alles so, wie es war, nur die Preise passten sie an die neue Zeit an, weil man von denen auf der alten DDR-Tafel nicht mehr leben konnte. Anfänglich diskutierten sie noch innovative Vorschläge, um sich dem westlichen Standard anzupassen: Sie wollten zum Beispiel eine regional verwurzelte Küche anbieten und kauften tonnenweise vakuumverpackte »Gulaschbriketts«, gaben aber die Küche nach den ersten Ausfällen wieder auf. Dann hatten sie die kreative Idee, einen kleinen Puff im Keller zu platzieren, fanden aber keine Frauen, die bereit waren, da unten zu arbeiten. Stattdessen quartierte sich dort ihr Elektriker ein. Sie beschlossen, alles beim Alten zu lassen.

Die Tapete und das Lametta blieben also hängen, aber nach einem halben Jahr ging uns die osteuropäische Kultur aus: Wir wollten ja nur das Gute nehmen, und davon gab es im osteuropäischen Bereich nicht allzu viel. Darin unterscheidet sich die osteuropäische Kultur nicht von anderen Kulturen. Auch sie besteht zum größten Teil aus Projekten, mit denen man nichts zu tun haben will. Nur unsere eigene Russendisko blieb beständig. Die Filme waren schnell gezeigt, die Autoren alle schon dagewesen, die Musiker, die wir einluden, hatten entweder keine Lust oder besoffen sich, bevor sie die Bühne betraten. Nur unsere Russendisko funktionierte wie eine Rolex. Jurij und ich waren immer zur Stelle, immer nüchtern und immer mit einer Menge guter russischer Musik zum Abtanzen ausgerüstet. Die Schlange vor dem Kaffee Burger zog sich in die Länge und belebte die sonst eher ruhige Torstraße. Mal schwenkte unsere Schlange nach rechts, und aus einem Pleite gegangenen Holzteller-Grillrestaurant wurde eine neue Burger-Bar. Dann schwenkte unsere Schlange nach links, und aus einer ehemaligen Schusterwerkstatt entstand der »Club der polnischen Versager«, mit einem Salon und einer Plakatausstellung sowie einem Musikladen. Dann schwenkte die Schlange noch weiter nach rechts, und aus dem türkischen Imbiss an der Ecke wurde ein schickes Restaurant. Noch mehr nach links, und alle Katzen aus dem Zoogeschäft fanden einen neuen Besitzer.

Der Dichter, der Filmemacher und der Brigadier wurden dabei steinreich, was ihnen aber nicht nur

Glück brachte. Beim Filmemacher meldete sich seine seit fünfzehn Jahren verschollene Ehefrau und machte ihre Ansprüche auf Lebensunterhalt geltend. Daraufhin vergrub er sein ganzes Geld im Burger-Keller und vergaß prompt, wo. Beim Anarcho-Dichter standen die alten Kreditgeber Schlange und wollten nun alles zurückhaben. Seine Erzfeinde, die *Spiegel*-Journalisten, meldeten sich ebenfalls – und wollten ein Interview haben. Der Brigadier heiratete, und seine Frau bekam ein Kind. Der Stasi-Offizier tauchte wieder auf und machte alle Servietten im Burger nass: »Warum bin ich damals nur nicht bei euch eingestiegen?«, jammerte er. Er machte dafür die ganze Bande von Neubesitzern verantwortlich. Frau Burger wiederum machte sich große Sorgen, zu wenig für ihre Kneipe bekommen zu haben. Bei jeder passenden und unpassenden Gelegenheit sprach sie den UPS-Brigadier darauf an.

Das Burger wurde immer bekannter. In allen Reiseführern über Berlin wurde es als eine der Hauptattraktionen der Hauptstadt gepriesen, meist als »heterosexueller Aufreißschuppen«. In russischen Reiseführern stand das Burger allerdings in der Spalte »schwul und billig«. Wahrscheinlich hatte der dafür zuständige Journalist einen falschen Tag erwischt.

Auch die Russendisko landete in mehreren Reiseführern – unter »exotische Schauplätze Berlins«. Wir lasen diese Ratgeber mit Interesse, weil wir in ihnen stets etwas Neues über uns erfuhren. Mal wurde die Russendisko als »Ort zum Flirten und Kennenlernen – mit Frauenüberschuss« bezeichnet, mal als »berüchtigter Russentreff«. Wir lachten darüber. Bei der Russendisko konnte man höchstens jemanden unterm Tisch kennen lernen, wenn man an der richtigen Stelle umfiel. Selbst dann konnte man aber nie wissen und auch nicht herausfinden, ob die Person russisch, deutsch oder sonst was war, wegen des schlechten Lichts und der sehr lauten Musik.

Der einzige Mensch, den man bei uns persönlich kennen lernen konnte, war unser Türsteher Konrad, dessen Aufgabe es war, die so genannten BBPs, also Besonders Betrunkene Personen, rauszuschmeißen. Viele Touristen, die zum ersten Mal da waren, dachten: Russendisko? Da muss ich Wodka trinken bis zum Abwinken, denn Ordnung muss sein. Der warme Wodka in einem überfüllten Raum tat ihnen nicht gut. Nach kurzer Zeit konnten sie nicht mehr aufrecht stehen, aber umfallen konnten sie auch nicht, aus Platzmangel. Also versuchten sie, sich mit den Händen oder sogar mit den Lippen an anderen Diskobesuchern festzuhalten. Konrads Aufgabe war es, solche Leute an die frische Luft zu tragen. Er leistete gute

Arbeit – einige Monate lang. Dann aber entdeckte er Gott, trat einer religiösen Sekte bei und wurde radikaler Christ.

»Konrad!«, riefen wir laut nach ihm. »Ein Betrunkener hat sich in die Garderobe eingeschleust und kotzt zwischen die Klamotten, schmeiß ihn bitte raus!«

»Ich habe mit dem Mann bereits gesprochen«, antwortete Konrad seelenruhig. »Ich sehe keinen Grund, ihn rauszuschmeißen. Nur weil ein Mensch ein bisschen sabbert, darf man ihn nicht gleich verurteilen. Vor Jesus sind wir alle gleich.«

Manchmal hatten seine Worte tatsächlich eine Wirkung: Betrunkene gingen freiwillig an die frische Luft, Nüchterne wollten sich noch schneller betrinken.

Zweimal im Monat im Kaffee Burger aufzulegen war eigentlich mehr als genug. Nach jedem Tanzabend war ich zwei Tage lang verkatert und hatte ein merkwürdiges Piepsen in der linken Kopfhälfte, dem Teil des menschlichen Gehirns, der wahrscheinlich für Punkrock zuständig ist. Doch damit war die Sache nicht erledigt. Wir bekamen immer mehr Einladungen aus dem Ausland. Die unterschiedlichsten Veranstalter aus Boston, Rom, Prag, Zürich und Linz luden uns ein. Alle wollten eine Russendisko, ohne auch nur eine Ahnung davon zu haben, was das ist. Wir konnten nicht immer Nein sagen, wir sagten oft sogar Ja und fuhren überallhin, mit hundert Stunden russischer Musik im Gepäck. Unser Russendisko-koffer sah aus wie eine Bombe, deswegen flogen in jedem Flughafen die Sicherheitsbeamten auf unser Gepäck wie Fliegen auf Scheiße oder Bären auf Honig. »Was ist denn das? Russendisko? Ai, ai…« Mein Kollege Jurij wusste aber inzwischen Bescheid und packte immer gleich alles aus, ohne auf ihre Aufforderung zu warten.

Auch in vielen deutschen Städten legten wir Musik auf. Die irritierten Diskobesucher drängten zu uns auf die Bühne. »Habt ihr Iggy Pop? David Bowie? *Red Hot Chili Peppers?*« Junge Mädchen in Stuttgart fragten nach Marilyn Manson, alte Mädchen in Köln nach »99 Luftballons«.

»Das ist Russendisko, also nur russische Musik!«, erklärten wir zum hundertsten Mal.

»Alles klar«, sagten die Leute. »Und? Habt ihr nun Iggy Pop?«

In Prag wollten betrunkene Serben eine serbische Hymne aufgelegt bekommen, in Bochum bestellten nüchterne Kroaten die kroatische. In Göppingen bekamen die lokalen Veranstalter, nachdem sie die halbe Stadt mit unseren Lenin-Plakaten beklebt hatten, ein Signal vom Ordnungsamt: Sie sollten die Lenins schleunigst wieder aus dem Stadtbild entfernen. In jeder zweiten Stadt wurden die Veranstalter von der Polizei angerufen, die ihre Hilfe anbieten wollte. »Russendisko? Aus Berlin? Wieso ladet ihr nur so was ein?«, wunderte sich ein Polizeisprecher in Hannover. »Neulich hatten wir hier doch schon eine Russendisko in der Tiefgarage: zwei Tote, sieben Verletzte.«

Wir wollten aber partout, dass die osteuropäische Musik auch in Alteuropa die Menschen zum Tanzen bringt, und ließen nicht locker. Es funktionierte auch. Im Laufe der Jahre haben wir auf diese Art und Weise mehrere Literaturhäuser demoliert, Museumssäle verwüstet und zahlreiche Clubbetreiber ruiniert. Selbst wenn unsere Friedensmission zur dauerhaften Völkerverständigung nicht immer ankam, selbst wenn der eine oder andere Besucher mit einem blauen Auge die Tanzfläche verließ (einmal auch der DJ selbst), haben wir es geschafft, die fremdartige Russenmusik bis in die letzten Winkel der Bundesrepublik zu tragen. Ein wenig Unordnung muss sein!

Seitdem sind wir jedes Jahr unterwegs. Unsere Routen sind oft denen der Zugvögel entgegengesetzt. Im Winter wandern wir mit der Russendisko in den Norden, damit die Menschen dort nicht ganz einschlafen. Wenn der Frühling kommt, machen wir uns in die andere Richtung auf den Weg. Ende April 2004 verbrachten wir daher im Süden, dort, wo die Würste am besten schmecken und die Menschen Gott grüßen – in Nürnberg. Die Stadt bereitete sich gerade mit großer Hingabe auf ihre Veranstaltungen »Heraus zum revolutionären 1. Mai« vor. Sogar in unserem Hotel Deutscher Kaiser lagen die revolutionären Flyer in der Lobby aus. Unter dem Motto »Alles für alle! Gegen Ausbeutung! Für die soziale Revolution!« wurden mehrere Kulturprojekte angekündigt: ein Dokumentarfilm über die Besetzung und proletarische Selbstverwaltung einer Keramikfabrik in Argentinien, eine Diskussion zur bolivarischen Revolution in Venezuela, außerdem eine Diskussionsreihe zum Thema »Die BRD als kleiner Bruder des amerikanischen Imperialismus«.

Unsere Russendisko wirkte vor diesem Hintergrund harmlos. In einem denkmalgeschützten Gebäude legten wir fröhlichen russischen Punkrock auf und ließen dazu alte sowjetische Zeichentrickfilme über die Leinwand laufen. Das Publikum zeigte sich überhaupt nicht politisch engagiert, dafür aber sehr konsumorientiert. Alles wollten sie uns abkaufen, unsere Musik, unsere Klamotten, aber den größten Zuspruch bekam unerwarteterweise eine Videokassette mit sowjetischen Zeichentrickfilmen, die ich

mir extra für diese Mugge bei meinen Kindern aus-
geliehen hatte.

»Ich finde ja dieses schwarze Schweinchen so geil«,
rief eine Diskobesucherin mir zu. »Wo kann ich den
Film kaufen?«

»Das ist kein schwarzes Schweinchen«, rief ich zurück. »Das ist der russische Winnie Pu!«

»Ach, wirklich?« Die Frau hielt das für einen Witz.
»Ich möchte ihn trotzdem kaufen!«

Ein junger Mann tippte mir auf die Schulter: »Ich
kenne diesen Film, das ist doch das kommunistische
Schneewittchen!«

»Das ist kein kommunistisches Schneewittchen,
das ist der russische Winnie Pu«, erklärte ich ihm geduldig. Mir war völlig unbegreiflich, wie die Menschen den Bären einfach nicht erkennen wollten.
Vielleicht wollten sie mich nur damit provozieren? Es
hörte einfach nicht auf. Eine andere Frau kam auf die
Bühne. »Ich war vor zwanzig Jahren in St. Petersburg«, verkündete sie fröhlich. »Ich kann mich noch
gut an diesen Film erinnern. Wie hieß dieses lustige
Pferdchen noch mal?«

»Das ist der russische Winnie Pu!«, schrie ich zum
hundertsten Mal. »Und dieses Rosige mit Ohren ist
sein Freund Ferkel, und da ist der Esel und hier die
Eule!«

»Die Eule?«, ließen die Nürnberger nicht locker. »Wo denn? Ach, diese Riesenschnecke? Toll!«

Wurde dieser Film vor oder nach Tschernobyl gedreht? Das Sein bestimmt doch das Bewusstsein, überlegte ich. Die Menschen im Westen haben die gleichen Augen, aber die Bilder in ihren Köpfen sind anders als bei den Nachbarn im Osten. Deswegen sehen sie hier einen ganz anderen Film – einen über das Leben von Mutanten statt eines Kindermärchens. Genauso habe ich auch den westlichen Winnie Pu nicht erkannt. Dieses kleine gelbe Wesen mit der piepsigen Stimme sah für mich wie eine überernährte, genetisch manipulierte Maus aus. In Nürnberg sind wir dennoch als Freunde auseinander gegangen, jeder mit seinem eigenen Winnie Pu im Kopf. Ich habe die Videokassette mit dem unseren nicht verkauft, sonst hätten mich die Kinder wahrscheinlich gelyncht. Trotzdem wünschte ich mir, dass anlässlich des ersten Mai alle Winnie Pus der Welt sich solidarisieren und verbrüdern würden. Es ist nicht auszuschließen, in dieser immer kleiner werdenden Welt, dass der Ost- und der West-Winnie-Pu sich irgendwann auf irgendeiner Leinwand begegnen. Das wäre ein Knaller! Sie werden einander zuerst garantiert nicht erkennen. Der hiesige ist so niedlich, glatt und gut erzogen, ein Winnie Pu aus ökologischem Anbau

quasi. Unserer dagegen ist groß, dunkel und muffe-
lig. Er hat einen schweren Blick und eine starke Ganz-
körperbehaarung. Ob sie jemals Freunde sein können?

Kaum in Berlin angekommen, versanken wir im Meer
des revolutionären Kampfes: Auf dem Alexanderplatz
protestierten etliche Menschen aus Togo gegen die
deutsche Abschiebepolitik und gegen ihren Diktator
Eyadema; die Kurden forderten einen unabhängigen
Staat, und die Gruftis veranstalteten einen »Geister-
tanz gegen rechte Gewalt«. Überall standen die Ord-
nungshüter in modischen, gebügelten Uniformen herum und warteten auf eine Eskalation. Ich erzählte
einem Bekannten die Geschichte von den zwei Winnie Pus, wie unterschiedlich sie sind.

»Wer ist Winnie Pu? Ich kenne nur Snoopy und die
Peanuts«, wunderte er sich.

»Wer ist denn Snoopy?«, fragte ich.

»Und wo liegt eigentlich Togo?«, fragte mich meine
Frau.

Afrika

Mein englischer Freund Alan ist ein großer Tanzlieb-
haber und redet auch gerne darüber. Das Tanzen soll
gut für die Gesundheit sein, behauptet er, es heilt die
Psyche und stärkt die Muskeln. Deswegen nimmt
Alan das große Berliner Tanzkursangebot in Anspruch, jeden Tag geht er irgendwohin, um einen
neuen Tanz zu lernen: Wiener Walzer, Tango, Salsa,
Samba, Rumba oder Cha-Cha-Cha.

Außerdem wundert er sich stets, dass ich nicht mit-
tanzen möchte. »Ein DJ ist doch fast ein Tanzlehrer!
Abgesehen davon, kommst du doch aus dem Land
des Tanzes und des Balletts, es muss für deine russische Seele ein Bedürfnis sein zu tanzen! Wie heißt es
in dem berühmten russischen Rap-Song? ›Wir tanzen
auf den Tischen, sie tanzen auf den Tischen!‹«

Ich konnte mich an das Lied nicht erinnern. Aber
in einem Punkt hatte Alan Recht! Ich komme tatsächlich aus dem Land des Balletts und bin deswegen

tanzgeschädigt. In der Sowjetunion wurden wir oft als Minderjährige zum Tanzen gezwungen. Speziell in meiner Schule Nr. 712 war dafür eine Einrichtung zuständig, die den Namen »Der Kreis des Volksballetts« trug. Alle Kinder, mit denen die Eltern nach der Schule nichts anfangen konnten, landeten zwangsläufig in dieser Arbeitsgruppe.

Und jede Schule hatte ihre eigene Choreografie. Im Volksballett-Kollektiv unserer Schule Nr. 712 wurde Jahr für Jahr eine Tanzsuite namens »Die Eroberung des Nordpols« einstudiert und auch regelmäßig im großen Sportsaal im Erdgeschoss aufgeführt. Dazu wurden die Tänzer in zwei Gruppen aufgeteilt, in »Pinguine« und »Matrosen«. Alle Neuankömmlinge mussten den Part der Pinguine übernehmen. Die Vögel mussten zuerst im Kreis am Nordpol sitzen, um dann plötzlich, wenn die Matrosen auftauchten, mit ihren Stummelflügeln zu winken und möglichst schnell auseinander zu rennen. Wenn man ein Jahr lang den Pinguin getanzt hatte, durfte man zu den Matrosen überwechseln. Sie hatten einen etwas komplizierteren Tanz zu absolvieren, mit vielen Drehungen, Sprüngen und anderen balletthähnlichen Gesten.

Das Volksballett-Kollektiv war eine Klassengesellschaft. Die Pinguine waren die Unterdrückten, sie hatten ständig mit ihren muffigen, schweren Kostümen zu kämpfen und mussten viel länger auf der Bühne schwitzen. Die Matrosen dagegen waren die Helden. Ihr Auftritt war kurz, aber eindrucksvoll. Sie wurden vom Publikum stets mit einem Applaus verabschiedet. Außerdem konnte man unter den Matrosen den einen oder anderen Freund erkennen, während die Pinguine die ganze Zeit nur als weiße, unförmige Klumpen dasaßen. Ich habe zwei Jahre lang am Nordpol gesessen und es nie zu einem richtigen Matrosen gebracht, deswegen habe ich jetzt auch keine Lust mehr auf Tanzunterricht. Wiener Walzer, Samba, Salsa, Rumba und Cha-Cha-Cha lassen mich kalt. Und überhaupt ist die weit verbreitete Meinung, dass die Russen gerne tanzen, ein Irrtum. Echte Russen tanzen nie! Außer wenn sie betrunken sind. Und in dem berühmten Lied »Wir tanzen auf den Tischen« geht es auch nicht so sehr ums Tanzen als ums Geld. Jetzt fällt mir dieser russische Rap-Song wieder ein:

Die einen tanzen auf den Tischen,
Suchen nach dem Kick,
Die anderen engagieren sich für Politik.
Wir sind für den Frieden, für Atomausstieg,
Es wird keinen Sieger geben im nächsten Krieg.

Ich habe die Nase voll von diesem Hamsterrad,
Gebt mir ein bisschen Kohle! Ich haue ab!

Ich kaufe mir einen Flügel und Saxofon,
Ich werde spielen *all alone*
Oder mit ein paar Freunden aus Chicago und
Boston…

Vielleicht kaufe ich ein Haus,
Ein Haus im Wald,
Dort werde ich glücklich,
Dort werde ich alt.

Ich habe keinen Bock auf täglichen Nepp,
Her mit der Knete, dann bin ich weg!

So in etwa. Obwohl, ich glaube, ich singe es doch falsch. Ich habe kein Musikgehör, ich bin eine musikalische Niete. Wenn ich in einer Runde mitsinge, hören alle anderen sofort auf und schauen mich mitleidig an. Wenn ich eine bekannte Melodie nachpfeife, kann sie niemand erkennen, und eine Gitarre zu stimmen gelingt mir auch nicht, obwohl ich als Kind von meinen Eltern zum Musikunterricht verdonnert wurde. Im Nachhinein bin ich ihnen dafür sehr dankbar. Ich habe zwar wenig gelernt, aber mich in die Musik verknallt. Es war die erste große Liebe meines Lebens.

Mit zwölf Jahren ging eine merkwürdige Verwandlung in mir vor: Aus einem mittelmäßigen, aber doch fleißigen und zurückhaltenden Schüler wurde ein frecher, großkotziger Außenseiter. Ich nervte alle Lehrer mit sinnlosen verbalen Angriffen, stellte dauernd ihr Fachwissen in Frage und fand das gesamte Schulpersonal blöde. Ich habe den Tanzunterricht verweigert, ging nach der Schule aber nicht nach Hause und machte keine Hausaufgaben, stattdessen hing ich mit anderen Jungs meist in der Sackgasse hinter dem Kaufhaus herum. Dort beschleunigten die Arbeiter ihren Arbeitstag in der Mittagspause mit Portwein. Die Sackgasse war eine Art Club, ein Treffpunkt der Außenseiter unseres Bezirks, von denen die meisten Alkoholiker waren oder auf dem Weg dahin. Unsere Klassenlehrerin machte sich große Sorgen um mich und besuchte meine Eltern in ihrer Freizeit. Sie meinte: »Nichts kann einem jungen Mann so viel Anstand und Feingefühl verleihen wie die Musik. Kaufen Sie Ihrem Sohn ein Klavier, und schicken Sie ihn zur Musikschule, bevor er sich zu einem Kriminellen entwickelt!«

Mein Vater hielt nichts von dieser Idee. Seit Jahren sparte er auf einen jugoslawischen Dreiflammen-

Gasherd, auf eine Liege mit Seetangfüllung und auf einen Farbfernseher. All seine Prämien und zusätzlichen Nebeneinkünfte waren bis zur Jahrtausendwende fest verplant. Die Anschaffung eines Klaviers stellte die ganze Zukunft unserer Familie in Frage. Aber andererseits trauten sich meine Eltern auch nicht, ganz auf meine Erziehung zu verzichten und das Erwachsenwerden ihres einzigen Sohnes vollständig dem Schicksal zu überlassen.

Mein Vater fand einen Kompromiss: Statt eines Klaviers kaufte er mir eine Gitarre für sechzehn Rubel und meldete mich zum Gitarrenunterricht im Kulturclub »Medik« (Mediziner) an. Der Club befand sich genau zwischen unserer Schule und dem Irrenhaus in der Akademiker-Pawlow-Straße, und der Leiter des Kurses, ein schnurrbärtiger Geigenspieler namens Lermontow, war ein erfahrener Pädagoge. Wie ein Zauberer verwandelte er gelangweilte zwölfjährige Faulenzer in begeisterte Gitarrenspieler. Lermontow unterhielt sich erst einmal eine halbe Stunde lang mit mir, wobei er mir höflich dann Recht gab, dass bei uns in der Schule nur Mist gelehrt würde und dass meine Gitarre ein Billigprodukt sei, dafür jedoch einen superstarken Klang habe, und ferner, dass ich zwar keine Spur von einem musikalischen Gehör besäße, es darauf aber auch gar nicht ankäme.

Wichtig war allein, die richtigen Akkorde auf dem Gitarrengriff auswendig zu lernen und dann einfach kräftig in die Saiten zu hauen. Dann schrieb mir Lermontow auf einem Stück Papier die drei Akkorde auf, die notwendig waren, um mein Lieblingslied »Ich leere mein Leben wie ein Glas« spielen zu können. Das war die Hymne unserer Sackgasse.

Meine Klassenlehrerin hatte also wohl doch Recht gehabt: Ich bekam die magische Kraft einer musikalischen Ausbildung in vollem Ausmaß zu spüren. Die Sechzehn-Rubel-Gitarre veränderte mein Leben. Auch in der Schule wurde ich ruhiger. Nach dem Unterricht rannte ich sofort nach Hause, schnappte mir die Gitarre und lief zum Club »Medik«. Dort saß ich dann zusammen mit anderen Jungs in der Garderobe, haute in die Saiten und schrie:

> Mein Leben ist leer
> Wie ein leeres Glas,
> Wie ein letzter Schluck
> Des Weins Rosé-Kavkas …

Nach zwei Monaten wollten meine Freunde und ich noch ein zweites Lied zusammen lernen, aber Lermontow fiel keines ein. Er meinte: »Wozu zum Teufel braucht ihr noch ein Lied, wenn ihr dieses eine noch nicht mal bis zum Ende geschafft habt?« Also blieben wir bis auf weiteres bei unserem Lieblingslied. Es war ein gutes Lied, und alle waren glücklich: Lermontow, die Eltern, die Klassenlehrerin, die Schule und ich auch. Das war im Jahr 1979, ich hatte noch nie etwas von Rock 'n' Roll gehört. Im Schwarzweißfernseher meines Vaters traten an jedem Sonntagmorgen in der Muntermach-Sendung *Morgenpost* so genannte VIAs auf. So nannte man die sowjetischen Popbands: das V stand für Vokal, das I für Instrumental und das A für Ensemble. Sie sangen optimistische Lieder über die Liebe, den Frühling und den Sozialismus, waren korrekt gekleidet und politisch sehr engagiert. Ihre Texte waren manchmal sogar witzig. So sang zum Beispiel das VIA Pesnjari in seinem berühmten Lied »Vologda«:

> Oh, meine Liebe,
> Nun weiß ich, wo du steckst:
> In Vologda , wo denn sonst,
> Im Haus mit dem grünen Holzzaun.

Vologda war eine kleine Stadt. Und jeder wusste: Es gab dort nur ein Haus mit besagtem Zaun: die Klinik für Geschlechtskrankheiten.

Die VIAs waren eine Missgeburt des sozialistischen Realismus und führten eine bescheidene Existenz am Rande der sowjetischen Leitkultur. Sie waren nicht so realistisch und überzeugend wie die Armeechöre, aber auch nicht so unwiderstehlich exotisch wie die Kubaner, die in unserem Fernsehen mit dem Lied »Aga-aga-aga« den Westen ersetzten. Die VIAs musizierten irgendwo dazwischen, und keiner mochte sie so richtig. Auch mein Vater, der ansonsten für jeden Mist im Fernsehen zu haben war und sogar noch bei einer alten, hässlichen Nachrichtensprecherin einen schönen Busen entdecken konnte, seufzte jedes Mal, wenn die VIAs auf dem Bildschirm erschienen, und schaltete den Ton ab. Wir sehnten uns nach einer anderen Musik, wussten aber nicht so recht, wie sie sich anhören sollte. Die Straßenfolklore war eine schwache Hoffnung.

Die meisten Stars der kapitalistischen Welt waren bei uns unbekannt. Der Sternenhimmel der freien Marktwirtschaft war weit von uns entfernt, nur seltene Sternschnuppen konnten aus der gut beleuchteten Außenwelt durch die engen Ritzen der ideologischen Zensur zu uns vordringen, und selbst dann blieben sie in den speziell für ausländische Gäste eingerichteten Reservaten. Hauptsächlich in dem Fernsehprogramm *Der fremde Freund – Die Sterne der ausländischen Kultur*. Diese Sendung wurde nur zu den großen Feiertagen und dann sehr spät ausgestrahlt. Man musste sich mit allen zur Verfügung stehenden Mitteln wach halten und mindestens drei Nachrichtenprogramme überstehen, um sie zu sehen. Der Spaß ging erst in der Morgendämmerung richtig los: Es gab Lieder und Tänze der kubanischen Revolution, die abgefahrene Band *Puhdys* aus der DDR – fünf Jungs mit exotischen Frisuren und noch exotischeren Instrumenten – und immer wieder den tschechischen Schmusesänger Karel Gott in goldenem Sakko und Jeans.

Sie alle waren nicht herausragend unterhaltsam, genossen aber stets die freundliche Aufmerksamkeit der Bevölkerung – bis eines Tages Amanda Lear im sowjetischen Fernsehen erschien und sie alle an die Wand sang. Sie wirkte wie ein Wesen von einem fremden Planeten: eine große, kräftig gebaute Sängerin mit langem blondem Haar und einer tiefen, ungemein erotischen Stimme. Wie sie es nur geschafft hatte, sich in unser prüdes quadratisches Fernsehen einzuschleichen? War Amanda Lear etwa Mitglied einer kommunistischen Partei? Gar ein Agent des KGB? Oder hatte sie jemanden aus dem Politbüro verführt? Das alles interessierte aber niemanden. Die Zuschauer quälten sich mit einer ganz anderen Frage. War Amanda Lear ein Mann oder eine Frau?

Es kursierten verschiedene Gerüchte über die Sängerin. Man erzählte sich zum Beispiel, dass sie von einer russisch-mongolischen Mutter in Hongkong als Junge geboren wurde und sich später in Südfrankreich in eine Frau verwandelt hat. Die erotische Wirkung von Amanda Lear auf die sowjetische Bevölkerung war trotzdem jedes Mal schweißtreibend. Die Männer kämmten sich die Haare, ehe sie sich vor die Glotze setzten, und die Frauen stellten sich dazwischen. Bevor sie ihr erstes Lied sang, sprach Amanda immer ein paar Sätze auf Russisch mit einem starken französisch-englischen Akzent, der sie noch aufregender machte:

»Isch liebe das große sowjetische Volk. Das ist mein erstes Mal in der Sowjetunion, isch möchte Ihnen singen.« So sprach sie und lächelte dabei so hintergründig, als ob sie auf der Stelle das ganze große sowjetische Volk vögeln wollte. Und das große sowjetische Volk wurde dabei noch größer. Danach sang sie das Lied »*Hello Stranger, you're a Danger*«. Das große sowjetische Volk strengte sich an, alles zu verstehen, blieb länger wach als sonst und konnte noch lange danach nicht einschlafen.

Ein älterer Freund von mir, ein Nachbar, der beim Fernsehen arbeitete und in der Sendung *Der fremde Freund* die Kabel aus- und einrollte, erzählte mir, er habe die Sängerin einmal persönlich kennen gelernt und sogar mit ihr in der Kantine fünf Wodka getrunken.

»Und?«, fragte ich ihn, »ist Amanda nun ein Mann oder eine Frau?«

»Amanda ist in Ordnung«, nickte mein Freund nachdenklich, wollte aber nicht in die Einzelheiten gehen.

Dreimal trat Amanda Lear im sowjetischen Fernsehen auf und nahm einmal sogar eine Schallplatte bei der einzigen Plattenfirma des Landes namens »Melodie« auf. Sie sang »Der blaue Tango« und »Blut und Honig«, danach verschwand sie für immer im weiten Westen, ohne noch einmal auf Wiedersehen zu sagen. Ihre Beziehung zum großen sowjetischen Volk war irgendwie gestört. Wir warteten geduldig.

Die *Puhdys* kamen auch weiterhin Jahr für Jahr. Sie fuhren nach Sibirien, bis zum pazifischen Ozean, verteilten Autogramme und gaben Interviews. Ihre Begegnungen mit dem Volk wurden sorgfältig in der regionalen Presse registriert: »Die Band *Puhdys* trifft sich mit den Komsomolzen der elften Sportschule aus der Bucht der Vorsehung«, hieß zum Beispiel die Überschrift in der Zeitschrift *Musik aus der Taiga* vom 11. November 1979. Die Komsomolzen aus der Bucht der Vorsehung fragten die *Puhdys*, wie lange sie schon

singen würden, wie lange sie noch vorhätten zu singen und was sie früher gemacht hätten, bevor sie zu
singen angefangen hatten. Sie seien Bäcker, Lehrer
und Kachelleger gewesen, antworteten die *Puhdys*.
Ob sie Amanda Lear kennen würden?, fragten die
Komsomolzen. Nein, sagten die *Puhdys* verlegen, aber
jetzt wären sie gerade dabei, die Musik für einen großen Film über die Liebe zu machen, denn die Liebe
sei in ihrem musikalischen Werk schon immer ein
zentrales Thema gewesen.

Dann tourte auch Karel Gott wieder durch das
Land, der sich ebenfalls gerne auf Gespräche mit den
Zuhörern einließ. Sie schenkten ihm Blumen und
fragten, wie lange er schon als Sänger tätig sei, wie
viel er im Jahr verdiene und ob er zufällig Amanda
Lear kennen würde. Nein, bedauerte der Sänger,
aber er sei gerade dabei, ein neues Musikprogramm
für das tschechische Fernsehen auf die Beine zu stellen, und seine ganze Freizeit widme er dem Kraft-
sport. Er würde den Komponisten Karel Svoboda
sehr gut kennen, auch die Gruppe *Puhdys* wäre ihm
bekannt, aber Amanda Lear kenne er leider nur vom
Hörensagen.

Die Zuhörer und Zuhörerinnen von damals wurden immer älter, die ideologischen Barrieren lösten
sich immer mehr auf: Paul McCartney durfte auf

dem Roten Platz spielen, die *Scorpions* im Parteitags-
gebäude, und neulich tanzte sogar Marilyn Manson
vor dem Lenin-Mausoleum – gegen Vorkasse.

Doch die Faszination des fremden Freundes ist
verflogen, all die Stars werden zwar gut empfangen,
aber auch schnell wieder vergessen. Anders ist es mit
ihr – Amanda Lear. Zu viele quälende Fragen hat sie
am russischen Sternenhimmel hinterlassen. Hat sie
uns wirklich geliebt oder das nur so gesagt? Warum
ist sie dann so plötzlich verschwunden und hat sich
nie zurückgemeldet? Und war sie nun, verdammt
noch mal, ein Mann oder nicht? Wir kämmen uns die
Haare und schauen zu den Sternen. Liebe Amanda,
wenn du diese Zeilen liest, würdest du dich vielleicht
bei uns melden? Wo bist du, fremder Freund? Was
machst du? Was magst du?

Aber zurück zum Gitarrenunterricht. Eines Tages im
Winter, als ich wie immer mit meiner Gitarre unterm
Arm im Club »Medik« auftauchte, sah ich vor dem
Eingang ein handgeschriebenes Plakat hängen: »Heu-
te Abend Rockkonzert der Gruppe *Russländer*«. Im
Foyer saßen bereits einige merkwürdige langhaarige
Gestalten und tranken Bier aus Flaschen. Sie sahen
mich, einen kleinen Jungen mit einer großen Gitarre
in der Hand, und lachten: »Guck mal, unsere Vor-

band ist auch schon da!« Die anderen Jungs aus dem Gitarrenkurs standen im Foyer mit unserem Lehrer zusammen. »Heute fällt der Unterricht aus«, sagte Lermontow, »die Russländer brauchen unseren Probenraum als Garderobe.« Es wäre heute sowieso nicht gegangen, meinte er, wegen der Lautstärke: »In ein paar Stunden wird hier die Hölle los sein.« Der Direktor des Clubs rauschte an uns vorbei und sah sehr besorgt aus. »Schaffen Sie sofort die Kinder von hier weg«, riet er unserem Lehrer. »Heute ist der Eintritt für Minderjährige verboten.«

Die Menschen im Foyer wirkten angespannt, und im Club herrschte eine merkwürdige Stimmung, eine Mischung aus Panik und Euphorie. Ich beschloss, um jeden Preis zu bleiben. Als die anderen Gitarrenschüler sich ihre Instrumente schnappten und nach Hause gingen, versteckte ich mich auf dem Klo. Bald war der Toilettenraum von Bier und Wein trinkenden *Russländer*-Fans voll. Ich ging raus und lief durch den Club. Immer mehr Leute strömten herein, sie saßen dicht gedrängt auf den Treppen, auf den Fensterbrettern oder einfach auf dem Boden. Die Tür zur Garderobe stand offen. Ich schaute vorsichtig hinein. Unser sonst sauber gefegter Probenraum war nicht mehr wiederzuerkennen: Überall lagen und standen volle, leere oder angebrochene Weinflaschen herum,

es roch stark nach verbranntem Tannenholz und sü-
ßem Wein. Mindestens zwanzig Männer und Frauen
saßen auf dem Boden. Sie rauchten, tranken und
lachten. Mitten im Raum auf einem großen Berg von
Klamotten saß eine kleine Hexe. Ihre langen schnee-
weißen Haare reichten fast bis zum Boden. Sie hatte
kleine rote Augen und eine lange Nase, die sich ständig hin- und herbewegte. Die Hexe hielt eine Elektro-
gitarre in der Hand. Die Hexe war ein Mann. Vor ihm
auf dem Boden saß ein hübsches Mädchen mit einer
Militärmütze auf dem kahl rasierten Kopf. Sie sah
mich und lachte.

»Schau mal, Georg«, sagte sie zu der alten Hexe
und zeigte mit dem Finger auf mich, »dein Publikum
wird immer jünger!«

Die Hexe Georg schaute in meine Richtung und
verzog das Gesicht. »Eine Sperrholzgitarre! Ein geiles
Instrument! Genau das Richtige für junge Talente.
Kannst du sie mir ausleihen?«

Die Hexe wollte eindeutig meine Gitarre.

»Sie haben doch schon eine«, sagte ich und machte einen Rückzieher. Damals wusste ich noch nicht,
wen ich da gerade kennen gelernt hatte. Erst viel
später erfuhr ich, dass die kleine Hexe im Probenraum
der unsterbliche Georg Ardanowskij gewesen war,
der erste wahre Rockmusiker der Sowjetunion. Seine

Band *Russländer* gilt als Vorbote des Rock 'n' Roll in der SU, mit ihr beginnen alle russischen Rock-Enzyklopädien. Es gibt nicht viele Menschen, die sagen können: Ja, ich habe in den Siebzigerjahren mal mit Georg beinahe meine Gitarre getauscht.

Sein Konzert hat mich damals tief beeindruckt. Es war gerammelt voll und ich das einzige Kind im Saal. Alle waren wie elektrisiert, niemand wollte sitzen, jeder drängte nach vorne zur Bühne. Einige versuchten sogar, auf zwei riesengroße Lautsprechertürme zu klettern, fielen herunter und standen nicht mehr auf. Man hätte denken können, die komplette Belegschaft des Irrenhauses von nebenan befände sich im Saal. Und dabei hatte das Konzert noch gar nicht angefangen. Fünf Mann betraten die Bühne. Drei hatten ebenso lange Haare wie Georg und Gitarren vor dem Bauch hängen. Der vierte war ein Glatzkopf mit einer Narbe quer durch das Gesicht. Er erschien halb nackt auf der Bühne und setzte sich hinter das Schlagzeug. Ich stand im Gang vor der Tür, jederzeit bereit abzuhauen. Das kahle Mädchen mit der Militärmütze ging an mir vorbei, einen Klappstuhl in der Hand. Sie setzte sich vorne im Gang direkt vor die große Lautsprecherbox. Die *Russländer* liefen eine ganze Weile auf der Bühne hin und her, wechselten irgendwelche Kabel, schalteten ihre Instrumente ein und aus, prüften die Mikrofone. Ardanowskij sagte mehrmals »Hallo« und »Guten Abend«, das Publikum reagierte wild, pfiff und schrie.

Das erste Lied kam ganz unerwartet. Plötzlich und ohne Vorwarnung haute der Glatzkopf volle Pulle auf seine Trommel, und die drei Gitarren jaulten auf – sie klangen wie ein abgeschossener Sturzkampfbomber kurz vor dem Aufprall auf Mutter Erde. Georg schnappte sein Mikrofon und schrie:

> Die gelbe Sonne, aaah!
> Der ewige Brand,
> Ich träume von Afrika,
> Ein abgefahrenes Land…

Der Rest war nicht zu verstehen. Zwei Fenster zersprangen mit lautem Krach, und mir platzten fast die Ohren, doch die meisten Zuhörer fühlten sich sauwohl. Das kahle Mädchen mit der Militärmütze fiel von ihrem Klappstuhl und blieb einfach liegen. Ich hätte leicht verschwinden können, blieb aber im Gang stehen. Wie hypnotisiert beobachtete ich die Musiker auf der Bühne. Es war die erste Orgie, an der ich zwar passiv, aber doch teilnahm. An das, was danach geschah, erinnere ich mich kaum. Ich weiß nur noch, dass die Miliz ziemlich schnell aufkreuzte. Der

Strom wurde ausgeschaltet. Sie zerrten die Bandmitglieder von der Bühne und drängten die Zuschauer in das Irrenhaus zurück. Im Foyer kam es noch zu einer Schlägerei, und draußen auf dem Hof wurde ein Auto umgekippt. Im Gedränge wurde mir die Nase blutig geschlagen und ein Ärmel zerrissen. Die Band *Russländer* verschwand spurlos aus dem Club »Medik« und aus meinem Leben.

Am nächsten Tag, als ich wie immer pünktlich zum Gitarrenunterricht erschien und den anderen von dem Konzert erzählte, wollte mir keiner glauben. Mir mangelte es auch an Beweisen, denn von dem Konzert fehlte jede Spur. Nur noch ein paar leere Flaschen, die in den Gängen des Clubs lagen, und ein Dutzend zerbrochener Sessel im Saal erinnerten an die Orgie am Abend zuvor. Mir blieb sie unvergesslich. Ich wurde süchtig nach solchem Krach und wollte ihn sofort auf meiner Sechzehn-Rubel-Gitarre imitieren. Ich war dem russischen Rock 'n' Roll verfallen.

Wenig später lernte ich einen Jungen kennen, der mit seinen Eltern von Leningrad nach Moskau gezogen war. Dort, so erzählte er mir, gäbe es viele Rockbands, und sie seien absolute Spitze. Er gab mir seine Kassetten zum Überspielen. Ich machte mich mit der Leningrader Rockszene bekannt. Die Muntermach-

Sendung *Morgenpost* wurde irgendwann in *Morgenstern* umbenannt, kurz bevor sie endgültig vom Bildschirm verschwand. Von der Band *Russländer*, die wie fast alle russischen Bands aus Leningrad kam, habe ich allerdings nie wieder etwas gehört. Bis 1983 die Nachricht vom mysteriösen Verschwinden des Sängers Georg Ardanowskij die Szene elektrisierte. Er war angeblich nur mal eben aus seinem Haus in Leningrad gegangen, um Zigaretten zu holen – und nicht wieder zurückgekehrt. Bis heute gilt er als vermisst. Eine Bekannte erzählte mir, Georg sei in Wirklichkeit nichts passiert, er wäre nach Afrika ausgewandert.

Romantiker 306

Als ich im Sommer 1990 in die DDR fuhr, hatte ich
natürlich nicht vorgehabt, in Berlin zu bleiben. Ich
wollte nur kurz die unbekannte Welt kennen lernen,
möglichst preiswert und schnell, damit ich dann in
Moskau mit den anderen Genossen, die bereits das
Ausland besucht hatten und alles über das dortige
Leben wussten, mitreden konnte. Deswegen hatte
ich auch mein ganzes Hab und Gut zu Hause gelassen, unter anderem eine umfangreiche Sammlung
russischer Rockmusik. Fünfhundert Stunden davon
von mehr als hundert sowjetischen Bands besaß ich
zu diesem Zeitpunkt auf Kassetten. Manche Konzerte hatte ich sogar eigenhändig aufgenommen mithilfe
meines Kassettenrekorders *Romantiker 306*.

Dieses Gerät war ein wahres Wunder sowjetischer
Technik: unglaublich stabil und quasi unverwundbar.
Es wurde in Kasan aus technischen Abfällen der Ra-
ketenindustrie gebaut. Mehrmals fiel mir das Gerät

ins Wasser und einmal sogar ins Feuer, ein anderes Mal flog es aus dem achten Stockwerk und zerdellte dabei das Dach eines im Hof geparkten Wolgas. Die guten technischen Qualitäten des Kassettenrekorders wurden dadurch jedoch in keiner Weise gemindert. Im Gegenteil, er klang nach jedem Unfall besser als vorher. Außerdem konnte man den *Romantiker 306* auch noch für alles Mögliche andere benutzen, zum Beispiel um Bierflaschen zu öffnen und Nägel einzuschlagen – theoretisch. Oft nahm ich ihn deswegen als Universalgerät mit in den Wald, wenn wir mit Freunden eine Party veranstalteten, und auch auf längeren Reisen hat er mir als eine Art Schweizer Messer gute Dienste erwiesen. Aber nach Deutschland nahm ich ihn nicht mit, weil mein Freund Mischa behauptete, die sowjetische Technik sei extra so gebaut, dass sie nur auf unserem Territorium funktioniere und im Ausland sofort kaputtginge. Mischa besaß ebenfalls viele wertvolle Gegenstände, unter anderem den *Romantiker 312 Stereo* – der letzte Schrei der Raketenindustrie. Er war auch viel teurer als meiner. Doch wir wollten ja eigentlich nur schnell hin und wieder zurück, deswegen beschlossen wir, so wenig wie möglich mitzunehmen.

Mischa rief seine Tante an, die seit 1979 in Westberlin wohnte. Sie war bereit, uns für ein paar Tage

54

Unterkunft zu geben. Am fünften Juli ging unsere Reise los. Noch im Zug fingen wir an zu trinken. Es fand sich immer wieder ein wichtiger Grund dafür: Zuerst hatte der Nachbar, der mit uns das Abteil teilte, Geburtstag und lud den halben Waggon ein. Während der Fete lernte er die Frau seines Lebens aus dem Abteil nebenan kennen, und so ging dann die Geburtstagsparty langsam in eine Verlobungsfeier über. Dazu mussten wir die Plätze mit der Frau tauschen, doch schon am nächsten Tag bereute der Nachbar seine Entscheidung bitter. Die beiden zerstritten sich, und sie zog in ihr Abteil zurück, sodass wir wieder unsere alten Plätze einnehmen konnten. Das Ganze erinnerte stark an eine südamerikanische Telenovela, nur dass wir dabei ständig trinken mussten: zuerst, um den Nachbar zu beglückwünschen, dann, um ihn zu trösten.

Am Abend des siebten Juli, immer noch nicht nüchtern, stiegen wir in Ostberlin am Bahnhof Lichtenberg aus dem Zug. Die Stadt machte sofort einen unvergesslichen Eindruck auf uns. Überall herrschte eine merkwürdig feierliche Stimmung. Zwischen den Gleisen und auf den Bahnsteigen lagen überall Münzen, auch die Mülltonnen waren voller Geld. Betrunkene liefen über die Straßen und sangen Lieder. Viele waren bunt verkleidet und winkten uns freundlich zu. Die Autofahrer hupten jedes Mal, wenn wir die Straße überquerten, und schrien uns irgendwas auf Deutsch hinterher. Von diesem Bild überschäumender Freundlichkeit überrascht, genehmigten wir uns erst einmal ein deutsches Bier an einer Imbissbude. Der Besitzer wollte kein Geld von uns. Wir nahmen einen Bus und fuhren in Richtung Westberlin, um uns sogleich beide Teile der Stadt anzugucken. Je länger wir fuhren, umso weniger konnten wir das Verhalten der Leute um uns herum begreifen. Die Gastfreundschaft der Westberliner übertraf noch die der Leute im Osten und schien uns dermaßen übertrieben, dass wir beinahe paranoid wurden. Auf Umwegen landeten wir in einer Kneipe in Wilmersdorf. Der Wirt sprach uns sofort auf Englisch an. Er war klein und dick, aber wieselflink, und vor lauter Freude strahlte er so, als hätte er gerade eine Million im Lotto gewonnen. Wir hatten so gut wie kein Geld und antworteten deswegen auf seine Frage, was wir trinken wollten, höflich: »*No money, nothing.*«

»Das macht doch nichts, ich lade euch ein! Wo kommt ihr her, meine Freunde?«, schrie er laut. »Trinkt und esst, so viel ihr wollt!«

Seine Gastfreundschaft grenzte an Wahnsinn. Ich nahm einen Gin-Tonic, Mischa entschied sich für Campari-Orange. Diese zwei Getränke kamen oft in

Romanverfilmungen ausländischer Autoren vor und wurden fast immer von den Guten getrunken, insofern konnte dabei nichts schief gehen. Wir kippten die Getränke in uns hinein, dankten höflich und wollten wieder gehen. Doch der Wirt war nicht zu bremsen, er brachte uns immer wieder neue Gin-Tonics und Campari-Orange, manchmal auch Gin-Orange und Campari-Tonic, bis uns das Zeug zu den Ohren rauskam. Alle Gäste in der Kneipe wollten mit uns anstoßen und tanzten zwischendurch immer wieder auf den Tischen.

»Sie verwechseln uns bestimmt mit irgendjemandem«, meinte Mischa schwankend, »irgendetwas stimmt hier nicht.«

Ich widersprach ihm: »Man darf nicht immer so misstrauisch sein. Es sind einfach gastfreundliche Menschen, etwas extravagant vielleicht, aber weiter nichts.«

Mischa kam mir mit einem neuen Deutungsversuch: »Vielleicht feiern sie heute ein wichtiges Fest, den Unabhängigkeitstag oder so was?«

»Aber an einem solchen Tag wären dann alle Läden zu. Außerdem, was für ein Unabhängigkeitstag? Von wem sollten sie hier abhängig gewesen sein, ist doch alles Demokratie hier«, fragte ich ihn.

»Keine Ahnung«, meinte mein Freund, »aber die

Amerikaner feiern doch auch immer noch ihren Unabhängigkeitstag, seit sie die Indianer vertrieben haben. Wahrscheinlich sind die Deutschen von den Amerikanern unabhängig geworden.« Nach einer Weile fügte er hinzu: »Wenn es hier jeden Tag so lustig zugeht, dann möchte ich am liebsten gar nicht mehr nach Hause fahren, das ist doch das reinste Paradies.«

Wir wollten auch dem Wirt unsere Dankbarkeit und Begeisterung mitteilen, aber die allgemeine Betrunkenheit und unsere Sprachunkenntnis machten das schwer.

»*Germany is very good*«, sagten wir zu ihm.

Der Wirt freute sich und nickte zur Bestätigung mit dem Kopf. »Ja«, sagte er, »wir sind große Klasse, wir sind die Nummer eins!« Dabei zeigte er merkwürdigerweise auf den Fernseher, der über der Theke angebracht war. Im Rausch riefen wir dann die Tante von Mischa an, bei der wir übernachten wollten. Sie hatte keine Lust, auf uns zu warten. »Ich muss morgen früh zur Arbeit und gehe deswegen jetzt gleich ins Bett. Ich lasse für euch die Tür offen«, meinte sie. Ihre Adresse hatten wir uns noch in Moskau aufgeschrieben. Der freundliche Wirt erklärte uns den Weg. Trotz der späten Stunde hupten die Autos immer noch auf den Straßen, und lustige, betrunkene Autofahrer drehten gefährliche Kreise um uns herum.

Zum Glück mussten wir nicht weit laufen. Mischas Tante wohnte praktisch um die Ecke, und die Tür stand tatsächlich offen.

»Ich bin von der Menschlichkeit dieser Stadt vollkommen überwältigt«, bemerkte Mischa und ging aufs Klo.

Die Tante hatte uns ein Bett und eine Decke zur Verfügung gestellt. Im Zimmer stand ein Fernseher. Wir waren wie berauscht von den Ereignissen des Tages und konnten nicht einschlafen. Mischa schaltete den Fernseher an. Eine schöne blonde Frau lächelte viel versprechend und erzählte den weiteren Programmablauf so freundlich, dass sogar wir alles verstanden: Jetzt kam ein Film. *Wenn die Gondeln Trauer tragen*, hieß er. Auf dem Bildschirm jagte Donald Sutherland mit einem Messer bewaffnet einen kleinen mysteriösen Zwerg durch die Kanäle von Venedig. Der Zwerg ließ sich jedoch nicht fangen. Jedes Mal, wenn Sutherland ihm zu nahe kam, löste er sich in Luft auf. Er hatte erstaunliche Ähnlichkeit mit dem Wilmersdorfer Kneipenwirt, den wir gerade kennen gelernt hatten. Daraufhin entwickelte Mischa eine neue paranoide Theorie: Der Wirt sei in Wirklichkeit Schauspieler. Deswegen wollte er uns auf den Fernseher aufmerksam machen. Als der Film zu Ende war, schliefen wir todmüde ein.

Als wir am nächsten Morgen die Wohnung verließen, erkannten wir die Stadt nicht mehr wieder. All
die lustigen betrunkenen Autofahrer waren wie vom
Erdboden verschwunden. Auch von der gestrigen
Gastfreundlichkeit war keine Spur mehr übrig geblieben. Keiner wollte uns etwas umsonst geben. Die
Menschen auf der Straße guckten uns misstrauisch
an, und alle Kneipen waren zu.

Abends, als Mischas Tante von der Arbeit nach
Hause kam, berichteten wir ihr von dem merkwürdi-
gen Verhalten der Berliner. Wir wollten wissen, ob die
Veränderung etwas mit uns zu tun hatte. Die Tante
lachte uns aus. »Gott, seid ihr schwer von Begriff«,
meinte sie. »Gestern hat die deutsche Fußballmann-
schaft gegen Argentinien eins zu null gewonnen!
Maradona war schon wieder gedopt. Nach einem
langweiligen Spiel wurde Deutschland Weltmeister,
und die Berliner spielten deswegen die ganze Nacht
verrückt. Nichts bewegt hier die Leute so stark wie
Fußball«, erklärte die Tante. Unsere Enttäuschung
war groß, doch trotzdem sind wir in Berlin geblieben,
weil es das Schicksal eben so wollte.

Ich schrieb meinen Eltern und bat sie, mir meine
Sachen zu schicken, die ich in Moskau zurückgelas-
sen hatte. Als Erstes natürlich die Musikkassetten mit
den fünfhundert Stunden russischer Rockmusik.

Meinen Kassettenrekorder *Romantiker 306* wollte ich natürlich auch hier haben. Mischas reichlich esoterische Behauptung, die sowjetische Technik funktioniere nur auf sowjetischem Territorium, erwies sich dann leider als pure Wahrheit: Kaum hatte das Gerät die Grenzen seines Produktionslandes hinter sich gelassen, ging es kaputt. Ich machte mir jedoch nichts daraus und kaufte für 69,99 DM einen neuen Kassettenrekorder der Marke Grundig bei Karstadt am Hermannplatz. Der Grundig funktionierte einwandfrei und sah auch ganz gut aus, kam aber mit meinen sowjetischen Kassetten nicht zurecht: Gelegentlich zerkaute er sie. Wir brauchten nicht nur neue Technik, wir brauchten auch neue Musik.

Von nun an ging ich jeden Abend in die Diskothek »Akba Lounge«, um die westliche Musik kennen zu lernen. Stattdessen lernte ich dort meine zukünftige Frau Olga kennen, die hinter dem Tresen arbeitete. Sie konnte tolle Cocktails mixen, die mich an meinen ersten Tag in Berlin und den Sieg der Deutschen bei der Fußball-Weltmeisterschaft 1990 erinnerten.

Im Lauf der Zeit siedelten sich immer mehr Russen am Prenzlauer Berg an: Maler, Schriftsteller, Musiker, Tänzer. Es entstanden mehrere russische Rockbands. Mit einer, die sich *Unterwasser* nannte, waren Olga und ich bald eng befreundet, und wir besuchten sie gelegentlich in ihren Probenräumen in der Rykestraße. Eines Tages lernte ich dort bei einer Probe den neuen jungen Bassisten der Gruppe, Jurij Gurzhy, kennen. Jurij war gerade mit seinen Eltern aus dem sonnigen Charkow gekommen und genauso wie ich ein leidenschaftlicher Musiksammler. Wir packten unsere Musikreserven zusammen – sie sahen beeindruckend aus.

»Lass uns damit eine Party veranstalten, um die russische Musik hier an den Mann zu bringen«, schlug Olga vor.

Die Gelegenheit dazu ließ nicht lange auf sich warten. Die frisch gebackenen Gastronomen vom Kaffee Burger luden uns ein. Jurij und ich legten auf, Olga übernahm die Kasse. Einen unserer ersten Abende widmeten wir dem »Tag der Sowjetischen Armee«. Wir wussten nicht, was auf uns zukommen würde. Etwa drei Dutzend Russen, die Deutsche werden wollten, trafen auf ungefähr drei Dutzend Deutsche, die Russen werden wollten. Außerdem mischten sich auch einige Japaner und Gäste aus Afrika unter das Publikum. Die Veranstaltung fand am dreiundzwanzigsten Februar statt, dem Tag der sowjetischen Armee und der Flotte.

Wie bei den Russen üblich, fing der Abend relativ anständig an. Der Chor der sowjetischen Armee sang die berühmten Melodien über das glückliche Leben und Arbeiten in der Tundra, die das Publikum sofort zum Tanzen brachten. Nach Angaben des glücklichen Barkeepers flossen Wodka und andere starke Nationalgetränke in großen Mengen in die durstigen Kehlen des Publikums. Schnell verwandelte sich die anständige Veranstaltung in eine wilde Party, und die ersten Tische flogen durch das Kaffee.

Ein Gast aus Afrika wollte vom russischen DJ wissen, ob der Chor der sowjetischen Armee auch Reggae könne. Sofort wurde sein Wunsch erfüllt. »Die Russen können wohl alles«, murmelte der Mann deprimiert und kippte auf der Stelle um. Ein japanischer Gast sang zur großen Freude der Anwesenden »Bésame mucho« auf Japanisch, und ein Schwede erzählte, dass er eigentlich immer schon nach Russland wollte. Aber, erklärte er uns, er sei als Schwede zur Welt gekommen und müsse deswegen auch in Schweden enden. Der in Berlin lebende russische Bildhauer Ivanov behauptete, er sei Flieger bei der sowjetischen Armee gewesen. Nun wollte er seine Flüge von damals vorführen. Der neunzig Kilo schwere Bildhauer kippte mehrere Tische um, bevor er wieder auf dem Boden landete.

An dem Abend sah man, dass die Russen nicht nur gerne tanzen, sondern auch freudig im Chor singen.

Man sah aber auch, dass die Deutschen, wenn sie ungefähr dasselbe intus haben wie die Russen, ebenfalls gerne im Chor singen, selbst wenn sie den Text nicht kennen. Die Russen singen laut, haben aber keine Ausdauer. Die Deutschen sind sehr viel leiser, dafür können sie aber länger.

Jurij erzählte, dass er auf der Männertoilette einen Gast traf, der kotzte und gleichzeitig telefonierte. »Warum seid ihr noch nicht hier?«, schrie er auf Russisch in sein Handy. »Nehmt sofort ein Taxi und kommt her! Hier geht es ab!«

Um zwei Uhr kam die zweite Welle, eine Mädchengruppe, angeführt von Swetlana, die sich gerade verlobt hatte und nun bei uns ihren Abschied vom Singledasein mit ihren besten Freundinnen feiern wollte. Außerdem kamen ein Journalist und ein Fotograf von der *Weltwoche*, ein verrückter russischer Chansonsänger, der bei uns singen wollte, eine alte Frau mit Korb, die jeden Abend ins Kaffee Burger geht, und ein Mädchen namens Marina, die laut ihrer eigenen Aussage eine Erotik-Schriftstellerin aus Italien war. Der Platz war zu eng zum Tanzen, dafür aber ideal zum Knutschen. Alle küssten sich.

Um drei Uhr kam es zu einer allgemeinen Verbrüderung, erneut wurden viele Küsse verteilt, und etliche allein erziehende Mütter fanden einen neuen Le-

benspartner. Eine mit uns befreundete allein stehende
Blondine schleppte den verstockten Schweden ab.
Das verlobte Mädchen Swetlana küsste sich mit ihren
Freundinnen, danach aber auch mit zwei ukrainischen
Jungs, die daneben saßen. Der Fotograf küsste den
Journalisten, und am Tresen saßen drei Paare eng bei-
einander, die sich ebenfalls alle knutschten. Auch der
DJ wurde mehrmals von fremden Mädchen abgeküsst
und einmal sogar in die Hand gebissen. Die erotische
Schriftstellerin aus Italien war sehr beeindruckt und
erzählte uns, dass bei ihr in Verona solche Veranstaltungen undenkbar wären. In Verona würden nur zwanzig Emigranten aus Russland leben, was mit der frem-
denfeindlichen italienischen Politik zusammenhinge.

»So viele lustige Russen haben wir in ganz Italien
nicht«, sagte sie. Dann schaute sie sich um. »Und so
viele lustige Deutsche sowieso nicht.«

Sie half uns beim Einlass und lernte dabei einen
schönen Studenten aus Georgien kennen, der genau
wie sie viele Sprachen konnte. Sie sprachen miteinander erst Hebräisch, dann Französisch und schließlich Italienisch. Anschließend küsste der Student die
erotische Schriftstellerin aus Verona, und die beiden verschwanden gegen vier in der dunklen Berliner
Nacht. Um fünf kamen sie allerdings wieder ins Kaffee Burger zurück.

Zu diesem Zeitpunkt lief unsere Veranstaltung völlig aus dem Ruder. Die ukrainischen Boys, die Freundinnen von Swetlana sowie ein belgischer Tourist in kurzer Hose mit einer Videokamera in der Hand tanzten auf den Tischen. Swetlana trank mehrere Flaschen Champagner und jammerte, dass sie bereits um halb acht am Savignyplatz arbeiten müsse, blieb aber trotzdem bis zum Schluss. Unsere Befürchtung, dass die Veranstaltung nie zu Ende gehen würde und wir für immer in einer Zeitschleife namens »Russendisko« steckten, erwies sich zum Glück als falsch. Pünktlich um sechs Uhr fiel der letzte Gast hinter das Klavier, und es wurde still im Burger. Als wir den Betrunkenen hinter dem Klavier hervorzogen, fanden wir dort viele nützliche Dinge: unter anderem einen gelben Regenschirm, den Fotoapparat der erotischen Schriftstellerin, die leider bereits weggegangen war, und eine Schallplatte der sowjetischen Gruppe Erdlinge aus dem Jahr 1978, die aber sofort wieder verloren ging.

Deutsch-russisches Kulturjahr

Spätestens im Sommer bemerkten wir, dass irgendetwas bei unseren Tanzveranstaltungen nicht mehr stimmte. Plötzlich kamen haufenweise Journalisten in die Russendisko, und jedes Mal wurden es mehr. Alle wollten sie von uns wissen, ob wir schon von dem deutsch-russischen Kulturjahr gehört hätten und was wir davon hielten. In den Zeitungen konnte man nachlesen, dieses Kulturjahr sei das größte kulturelle Ereignis zwischen den beiden Ländern seit Stalingrad. Wir gaben uns ganz bescheiden. »Hier bei uns ist jeden Tag deutsch-russisches Kulturjahr«, sagten wir. »Glauben Sie denn etwa immer noch, was Ihre Zeitungen schreiben? Früher in der Sowjetunion hatten wir jedes Jahr irgendein Kulturjahr, über das die Zeitungen schrieben: ein nordkoreanisches, ein kubanisches – aber das kümmerte keinen.«

Die Berliner Journalisten waren jedoch wie besessen von diesem einen Kulturjahr. Die gesamte Medienlandschaft floss zu uns: *Freizeit und Sport*, *Echo der Frau*, *Essen und Trinken* und *RTL-Plus*. Sie kamen zu zweit oder zu dritt, manchmal sogar zu fünft, winkten mit ihren Journalistenausweisen und erzählten an der Kasse, dass sie überhaupt nicht freiwillig, sondern im Auftrag ihrer Redaktionen unterwegs seien und nur ganz kurz ihren Beitrag zum Thema Völkerverständigung leisten wollten, danach würden sie sofort weiterziehen. Manche Journalisten hatten große Rucksäcke mit Dosenbier dabei, die meisten verschwanden im Getümmel und tauchten nicht wieder auf. Und jedes Mal, wenn unser Türsteher jemanden heraustragen wollte, ging ein Geschrei los: »Hände weg! Ich bin vom Offenen Kanal!«

Unvergesslich war uns ein Journalistenpärchen: sie groß und rothaarig, er glatzköpfig und schief in der Tür wackelnd, mit einem zerfledderten Fotoapparat um den Hals. Der Türsteher baute sich vor der Glatze auf.

»Das ist ein sehr bekannter Fotograf, der schon seit Januar zum russisch-deutschen Kulturjahr recherchiert und deswegen etwas müde aussieht, aber absolut nüchtern ist!«, verteidigte die Rothaarige ihren Kollegen.

Der bekannte Fotograf bekräftigte ihre Aussage, indem er in der Tür hin- und herschaukelte, ein ge-

68

ringschätziges Grinsen simulierte und dem Türsteher mehrmals den Stinkefinger zeigte.

»Du kannst mir erzählen, dass er nett ist«, sagte unser Türsteher, »du kannst mir erzählen, dass er ruhig ist, gut erzogen und dass du auf ihn aufpasst, aber erzähl mir nicht, er ist nüchtern!« Der Fotograf wurde schließlich reingelassen, er musste jedoch seinen Apparat als Pfand hinterlassen.

Trotz der komplizierten Arbeitsbedingungen hatten einige Journalisten es aber anscheinend doch geschafft, bei uns zu knipsen und zu recherchieren. »Seit der Russendisko sind Balalaika, Wodka und Russenmafia nicht mehr unsere einzigen Assoziationen zu dem großen Nachbarn«, lobten uns mehrere Zeitungen. Zwischendurch kamen auch immer wieder russische Kollegen von solch bekannten Moskauer Zeitschriften wie *Mafia aktuell, Balalaika heute* und *Wodka essen und trinken*. Anstelle von Journalistenausweisen zeigten sie ihre Kugelschreiber und Notizbücher. Der eine erzählte unserem Türsteher, dass ihn die so genannte menschliche Kultur eigentlich gar nicht als Thema anspreche und dass er viel lieber über Tiere und Vögel schreiben würde. Er gestikulierte und mischte ununterbrochen deutsche Wörter mit englischen. Jahrelang habe er in den kaukasischen Bergen *eagles* beobachtet, die dort ein völlig freies Leben in der freien Natur führen und manchmal sogar noch nachts mittelgroße Lämmer aus der Luft angreifen würden, versuchte er unseren Türsteher zu beeindrucken.

Dieser hielt seine Geschichte jedoch für zu unglaubwürdig. »Du kannst mir erzählen, dass bei euch im Kaukasus die Kühe sich selbst melken und die Wölfe Eier legen«, sagte er, »aber erzähl mir nicht, dass bei euch die Igel fliegen, die können doch nicht mal springen!«

An manchen Abenden trafen russische und deutsche Journalisten an der Theke aufeinander; dann versuchten sie, mit dem Austausch von Trinksprüchen eine journalistische Verbindung zwischen beiden Kulturen herzustellen.

»*Na sdorowje*!«, sagten die deutschen Kollegen.

»Ich habe doch gar nicht genießt!«, gaben sich die Russen beleidigt, weil es ein polnischer Trinkspruch war, lagen aber ihrerseits mit ihrem fröhlichen »Hitler kaputt!« daneben. Nur in einer Frage konnten sie sich einigen, nämlich was den ukrainischen Boxer Klitschko betraf: dass er eigentlich nicht boxen kann und dass sein ständiges Klagen über Rückenschmerzen unerträglich für einen Boxer ist. Aber das wäre eben typisch ukrainisch.

Auf Dauer gingen uns die Berichterstatter jedoch

auf die Nerven, und wir verhängten ein Journalisten-
verbot bis zum Ende des deutsch-russischen Kultur-
jahres – mit einer Ausnahme: Das Fernsehen durfte
rein. Ich hatte Achtung vor dem Mann mit der Kamera.

Die magische Kraft des Fernsehens hatte ich schon
als Kind zu spüren bekommen. Wir lebten damals
in einem Plattenbau am Rand von Moskau, und gegenüber von uns wohnte ein junger, unauffälliger
Student, für den sich keiner im Haus interessierte. Er
ging morgens zur Universität und kam spät nach
Hause. Viel interessanter für die Omas, die im Hof
auf einer Bank die Überwachungsstelle bildeten, war
seit eh und je die rothaarige Krankenschwester Anna
aus dem dritten Stock, die sich noch nie mit einem
Mann hatte erwischen lassen, aber schon zum zweiten Mal schwanger geworden war. Doch dann erschien eines Tages unser unauffälliger Nachbar im
Fernsehen, und zwar zur besten Sendezeit um acht-
zehn Uhr dreißig in der beliebten Sendung *Der Mensch
und das Gesetz*. In einem Beitrag über die Moskauer
Ausnüchterungszellen hatte er einen kurzen, aber
eindrucksvollen Auftritt. Unser Student saß nackt
auf einem Bett, hielt eine Hand vor sein Gesicht und
zeigte mit der anderen der Kamera seinen Stinkefin-

71

ger. Einige aus dem Haus hatten ihn gesehen, die anderen bekamen die Geschichte mit immer neuen, pikanteren Details nacherzählt. Die schwange Krankenschwester Anna aus dem dritten Stock war vergessen, dafür genoss der Student als einziger Fernsehstar des ganzen Wohnblocks ab sofort große Popularität. Noch Monate später sprangen die Omas vor lauter Aufregung auf, wenn sie ihn im Hof sahen, und die Kinder baten ihn um ein Autogramm. Das kollektive Bewusstsein unseres Hauses nahm diesen Mann für immer als »Fernsehstudent« auf, bald hielten ihn alle für einen guten Bekannten.

Inzwischen weiß ich aus eigener Erfahrung, dass die Glotze eine stille, aber ungeheure Macht besitzt. Ein Knopfdruck, fünf Minuten durch die Kanäle zappen, und schon streuen sich unbekannte Menschen durch dein Gedächtnis. Weil es dort keine Extraschublade fürs Fernsehen gibt, landen diese Fremden überall da, wo man seine Freunde, Bekannten und Verwandten gespeichert hat. Diese aus Funk und Fernsehen bekannten Männer und Frauen bewegen sich in deinem Hirn hin und her, sie kochen, machen blöde Witze, stellen Quizfragen, trinken Radeberger oder küssen sich, und man glaubt sie von Mal zu Mal besser zu kennen. Oft sorgt das für Irritationen. Neulich trafen mein Freund Georgij und ich zum Beispiel schon wieder Biolek auf der Straße. Georgij rannte sofort zu ihm hin und klopfte ihm freundlich auf die Schulter.

»Hallo, Sie sind doch Biolek! Ich habe Sie im Fernsehen gesehen! Kann das sein?«

Biolek wirkte überrascht. So überrascht, dass er sogar ein wenig in die Hocke ging und seine Penny-Markt-Tüte fallen ließ. Georgij wollte ihm eigentlich nur guten Tag sagen, war sich dann aber nicht mehr sicher, ob es tatsächlich der echte Biolek war.

»Tut mir Leid, ich habe mich geirrt! Ja, es tut mir Leid, ich dachte, Sie wären Biolek. Aus dem Fernsehen. Der Koch! Biolek!«

»Leck dich doch selbst!«, erwiderte der Alte und drohte mit der Faust.

Mein Freund war im Nachhinein sauer auf den Alten, aber ich konnte diesen Biolek gut verstehen. Auch mir fällt es schwer, eine passende Haltung zu entwickeln, wenn ich auf der Straße wegen einer Fernsehsendung angesprochen werde. Die Blumenverkäuferin meinte neulich zu mir: »Ich kenne Sie doch! Haben Sie nicht in *Sieben Tage – Sieben Nächte* mitgespielt? Oder war das in der Container-Serie?«

»Du warst doch bei Jauch? An welcher Frage bist du noch mal gescheitert?«, redete mich einmal ein Taxifahrer an. Ich nicke in solchen Fällen und schweige höflich. Ja, ich war in der Glotze und muss nun die Konsequenzen dafür tragen.

Als junger Schriftsteller hatte ich immer wieder Anrufe von Fernsehredakteuren bekommen, sie würden gerne mein Buch in ihrer Sendung vorstellen und ob ich nicht Lust hätte, zu ihnen ins Studio zu kommen. Es begann mit dem *MDR* und seiner Nachmittagsshow für Halbtagsbeschäftigte, *Hier ab vier*, und ging dann weiter mit *Dabei ab zwei* für diejenigen, die gar nicht mehr aus dem Haus zu gehen brauchen.

Die Sendung *Hier ab vier* war eine bunte Mischung aus Nachrichten, Wetterprognosen und kurzen Beiträgen über die Abwicklung der Landwirtschaft in Sachsen. Danach kam ein Fernsehdoktor mit Geheimtipps zur Bekämpfung von Hämorrhoiden, anschließend hielt der Moderator mein Buch in die Kamera und fragte mich kurz, worum es darin ging. Danach spielten wir beide Fernsehlotto. Als Ehrengast durfte ich eine möglichst blöde Frage an die Zuschauer richten, und der erste Anrufer, der die Antwort wusste, bekam ein Florena-Set von der MDR-Redaktion zugeschickt. Ich wollte eigentlich die Zuschauer fragen, wie die Sendung hieß, die sie gerade sahen, und lachte innerlich schon höllisch, entschied mich dann jedoch für eine weniger gemeine Frage. Als Andenken an die Show bekam ich ein MDR-Kuscheltier, ein Zwitter aus einer Biene und einem Bären. Und nach der Sendung viel Post von den Zuschauern. Sie schrieben mir, dass sie mich gesehen hätten, dass sie gerne mein Buch über Hämorrhoiden lesen würden, aber kein Geld hätten, um es zu kaufen. Doch wenn ich ihnen eins schicken würde und das Florena-Set noch dazu, dann würden sie sich sehr darüber freuen. Sie schätzten die Sendungen *Dabei ab zwei* und *Hier ab vier* sehr und die anderen Talkshows auch, und ich solle den Biolek schön grüßen. Das hätte ich auch gerne gemacht, nur wie?

Den richtigen Biolek habe ich nie kennen gelernt. Einmal wollte er mich zu seiner Show einladen, schickte sogar zwei Redakteure vorab, die mich drei Stunden lang wie bei einem Verhör interviewten, alles auf Kassette aufnahmen und damit zurück nach Köln düsten. Seitdem habe ich nie mehr was von Biolek gehört. Dafür war ich in etlichen anderen deutschen Fernsehshows und muss gestehen, hinter der Glotze zu sein macht mehr Spaß, als davor zu sitzen. Deswegen nehme ich gerne Einladungen zu den Sendungen an, die ich niemals gesehen habe. Neulich war ich bei *Stefan Raab*. Er kam vor der Sendung zu mir und fragte: »Kaanst du mich verstehen, weenn ich soo laangsam spreche?«

Ein Jahr lang habe ich selbst kleine Fernsehkolumnen fürs *ZDF-Morgenmagazin* gemacht. In jeder Sendung sollten wir drei Orte in Berlin zeigen, die etwas Besonderes sind. Meine Redakteurin Ulrike und ich zerbrachen uns jedes Mal den Kopf. Wir brauchten etwas, das Berlin repräsentiert, gleichzeitig aber die Leute am frühen Morgen nicht erschreckt. Ich wollte erfolgreiche Wirtschaftsunternehmen in der Stadt zeigen, Ulrike suchte nach bildhaftem und skurrilem Material. Einmal fand ich die *Firma Kryolan* aus Reinickendorf, ein TV-taugliches Unternehmen, der größte Produzent von künstlichem Blut und der Weltmarktführer bei der Produktion künstlicher Glatzen. Und Ulrike hatte im *Tagesspiegel* etwas über eine Kneipe namens *Seelenküche* gelesen, die zwei hart gesottene Fans der *Doors* in Treptow aufgemacht hatten, um ihren Helden, Jim Morrison, zu ehren. In der Zeitung stand, dass einer der Besitzer sogar das Pariser Grabmal von Morrison bei sich in Treptow eins zu eins nachbauen und im Garten vor der Kneipe aufstellen wolle. Wir beschlossen, beide Orte am gleichen Tag zu besuchen. Ulrike telefonierte mit allen, um die Stimmung im Vorfeld zu klären. Der Chef von Kryolan sagte, dass er nur an einer seriösen Berichterstattung interessiert sei. Die *Doors*-Liebhaber meinten, Morrison sei sein ganzes Leben lang unverkäuflich gewesen, deswegen käme nur eine seriöse Berichterstattung in Frage. Nichts anderes hatten wir vor.

An einem Dienstagvormittag fuhren wir mit dem Kamerateam zu Kryolan. Der freundliche und sympathische Chef folgte uns auf Schritt und Tritt und erzählte die ganze Zeit nicht enden wollende Geschichten über seine Firma. In einem großen Plastikeimer wurde mit einem Riesenmixer das künstliche Blut gerührt. Neben dem Eimer stand ein Arbeiter im blauen Kittel und passte auf, dass alles richtig lief. Überall in der Fabriketage standen Maschinen, die Schminke in verschiedenen Farben produzierten. Ich wollte über die Firma berichten und dabei eine künstliche Glatze tragen.

»Eine Glatze? Kein Problem«, sagte der Chef und brachte mich in den Kryolan-Shop zu seinem Glatzendesigner. Dieser guckte sich nachdenklich meinen Kopf an und schickte seine Kollegin los, sie solle bitte sofort eine richtig scharfe Haarschere bringen.

»Ich will aber eine künstliche Glatze«, warf ich vorsichtig ein.

»Aber sicher doch, ich werde Ihre Haare nicht anfassen, aber eine richtige Glatze ist immer sehr individuell und will zurechtgeschnitten werden«, erklärte der Glatzendesigner.

Eine Ewigkeit verging, bis alles richtig geschnitten und angeklebt war. Alle Kollegen waren neidisch auf meine Glatze.

»Vielleicht mache ich mir irgendwann mal auch so eine«, meinte der Kameramann nachdenklich.

Ich hatte bisher nur einmal eine Glatze getragen – eine natürliche Glatze, in den ersten Monaten bei der Armee. Sie war aber bei weitem nicht so toll gewesen wie die von Kryolan. Wir machten ein paar scharfe Bilder von der Glatze und mir, danach sollte sie wieder abgenommen werden. Mit einem Schnitt wurde sie vom Kopf gerissen, zusammen mit vielen Haaren und der Haut, an der sie festklebte. Ich sah aus, als hätte ich einige Jahre einen Kochtopf auf dem Kopf gehabt.

»Wollen wir den Rest der Dreharbeiten vielleicht verschieben?«, fragte Ulrike, die sich Sorgen um mich machte.

Ich wollte aber unbedingt zu den *Doors*-Brüdern und hatte sogar schon meinen Freund, den DJ Jurij, angerufen, damit er in die Seelenküche mitkam. Die *Doors* haben nämlich in seinem und auch in meinem Leben eine wichtige Rolle gespielt. Zum ersten Mal habe ich sie im August 1985 gehört. Damals lebte ich in einer Hippie-Kommune in einem Hochhaus am Rande Moskaus mit acht Männern und Frauen in einer Dreizimmerwohnung. Meine langhaarigen Mitbewohner hatten laufend Probleme – mit den Nachbarn, mit der Polizei, mit der Liebe, mit dem Frieden, mit den Drogen und mit sich selbst. Ich hatte zu diesem Zeitpunkt die Hippie-Phase bereits hinter mir gelassen und war ein sowjetischer Punk geworden: Ich hatte mir die Hälfte der Haare abgeschnitten, meinen Pass im Klo runtergespült und klaute regelmäßig Apfelsinen und Brot im Lebensmittelladen neben unserem Haus. Ich hatte überhaupt keine Probleme – mit nichts.

In unserer Küche lag ein englisches Buch von Jim Morrison auf dem Tisch. Einige Mitbewohner übersetzten dieses Buch gerade ins Russische, sie wollten als erste Morrison-Übersetzer in die Geschichte der russischen Literatur eingehen. Außerdem besaßen sie ein paar Kassetten von den *Doors*. Unfreiwillig las und hörte ich mit. Meine Englischkenntnisse ließen damals wie heute zu wünschen übrig, trotzdem konnte ich einiges von der Poesie Jim Morrisons verstehen. Anders als viele seiner Kollegen arbeitete er mit kurzen, knappen Sätzen: »*People are strange*«, sang er, »*No one here gets out alive*« und »*Come on baby, light my fire*«. Diese Gedanken bewiesen geistige Tiefe und Menschenkenntnis. Besonders beeindruckte mich sein Lied »*Break on through to the other side*«, auf gut Deutsch: »Brich durch zur anderen Seite«. Wieso bin ich darauf nicht selbst gekommen?, fragte ich mich. Ein paar Jahre später nahm ich seinen Aufruf wahr und brach durch – in die DDR.

1990 lief der Film *The Doors* von Oliver Stone in allen Kinos der Welt. Zu diesem Zeitpunkt lebte ich bereits in Berlin und arbeitete bei einer Firma, die Altkleider sammelte. Ich musste jeden Tag um fünf Uhr früh aufstehen, um es rechtzeitig bis zur Möckernbrücke zu schaffen. Um halb sechs war die U-Bahn bereits proppevoll mit Menschen, die alles andere als freundlich aussahen. Überall in der Stadt hingen Filmplakate mit einem romantischen Morrison-Gesicht. *People are strange.* »Zwei Tage in der Altkleidersammelstelle und du wärst auch ganz schön *strange* geworden, Jim«, begrüßte ich die Plakate auf dem Weg zur Arbeit.

1990 war ein schwieriges Jahr. Mein Freund Jurij war damals zwanzig Jahre alt und lebte mit seinen Eltern in Charkow in der Ukraine. Auch dort lief der Film *The Doors*. Ein Kinobesuch war in der Sowjetunion billiger als ein Apfel, und die Bevölkerung hatte viel Freizeit, sie ging oft und gerne ins Kino. In dem Film hing Morrison, um seine Todesverachtung zu demonstrieren, über einem Balkon. Halb Charkow machte es ihm nach. Besonders an Feiertagen konnte man an jedem zweiten Balkon einen hängenden Jungen erkennen. Einige fielen herunter, die meisten aber überlebten. Auch Jurij hängte sich mehrmals nach dem vierten Bier aus seinem Balkon im vierten Stock. Danach brach er mitsamt seiner Familie durch, zur anderen Seite, nach Deutschland. In Berlin haben wir uns dann kennen gelernt. Deswegen wollte ich, dass wir zusammen in die Kneipe Seelenküche gehen, um dort nachträglich zu Ehren von Jim Morrison ein Lied zu singen.

Die Kneipe befand sich am Arsch der Welt, am Königsheideweg, in der Nähe der Kleingartenkolonie Südpol. Sie war winzig wie eine Sauna. Die Wände waren mit Fotos, Plakaten und klugen Sprüchen von Jim Morrison dekoriert. Einige Männer mit und ohne Zöpfe sowie auch einige Frauen mit und ohne Kleinkinder saßen an den Tischen. Alle tranken Bier. Die beiden Betreiber standen hinter dem Tresen und schimpften als Erstes über den Artikel aus dem *Tagesspiegel* über sie: Nie im Leben wären sie auf die blöde Idee gekommen, das Grabmal von Morrison im Maßstab eins zu eins in Treptow nachzubauen.

»Wir wollten nur ein ganz kleines Grabmal anfertigen lassen und es hier irgendwo auf dem Fensterbrett aufstellen«, meinte einer der beiden.

»Die Journalisten schreiben doch immer, was sie wollen«, ergänzte der andere.

In der Kneipe herrschte eine fröhlich-familiäre Atmosphäre. Es gab Berliner Pilsner vom Fass und selbst gemachte Erbsensuppe – und zwar ausschließlich. Alles wirkte so vertraut wie in einer proletarischen Beize, nur dass eben statt Pokalen und Dart-Spiel Jim Morrison an den Wänden hing. Er war in seinen letzten Jahren richtig dick geworden und sah gar nicht mehr so romantisch wie im Film aus. Mit einem Bier in der Hand hätte er einen echten Berliner aus Treptow abgeben können. Ich erzählte den Betreibern, dass auch bei uns in der Sowjetunion die Poesie von Jim Morrison tiefe Spuren hinterlassen und viele Schicksale beeinflusst hätte.

»Dat is ja 'n Ding«, wunderten sich die beiden Kneipenbesitzer. »Ihr seid also echte Russen. Und wir dachten schon, ihr seid so Fernsehfuzzis vom ZDF.«

»Nee, damit haben wir nix zu tun!«, konterten wir. »Die anderen hier, die sind vom ZDF, aber wir sind nur freie Mitarbeiter«, distanzierte ich mich für alle Fälle von meinem Sender. Die Brücke des Vertrauens war geschaffen, der Kameramann aß schnell eine Erbsensuppe und baute seine Kamera hinter dem Tresen auf. Jurij und ich stellten uns auf die andere Seite.

»Nachträglich möchten wir dem großen Sänger Jim Morrison für seine tolle Platte *Break on Through to the Other Side* einen großen Dank aussprechen«, sagte ich in die Kamera. Danach sangen Jurij und ich auf Russisch, Englisch und Deutsch:

> Ohne dich sterbe ich wie ein Hund im Mai,
> *Come on baby, light my fire,*
> *Come on baby, light my fire.*

Zwischendurch lieferte ich die korrekte deutsche Übersetzung: »Los, Schatz, entfache mein Feuer.«

Die Männer in der Kneipe grunzten, die Frauen schmunzelten, und die Kinder schrien noch lauter, nur Morrison an der Wand blieb von unserem Gesang unbeeindruckt. Der Kameramann wollte noch ein paar Aufnahmen vor der Tür machen, dann durften Jurij und ich nach Hause fahren. Wir verabschiedeten uns von den Morrison-Fans, wünschten ihnen ein langes, am besten ewiges Leben und telefonierten nach einem Taxi. Die Taxizentrale wollte jedoch weder von der Kneipe Seelenküche noch vom Königsheideweg jemals etwas gehört haben. Also brachen wir einfach in die dunkle Nacht durch, und noch lange hing unser Gesang über den leeren Gassen von Treptow:

> »Ohne dich sterbe ich,
> Los, Schatz, entfache mein Feuer!«

Ich habe dich gesucht

Die Stadt St. Petersburg wurde auf Befehl von Zar
Peter dem Größten in einem Sumpf erbaut, einer
finsteren Gegend, die früher nur von Mücken be-
wohnt war. Es war ein Experiment: Peter, ein leidenschaftlicher Wissenschaftler, wollte wahrscheinlich
auf diesem Wege prüfen, ob sich die Menschen auch
im Sumpf vermehren können. Das Ergebnis war
befriedigend: Sie konnten! Alle kamen zwar mit
Schnupfen auf die Welt und sahen nicht besonders
robust aus, aber sie überlebten. Stolz auf seine gelungene Forschung, ernannte der Zar St. Petersburg zu
seiner russischen Hauptstadt. Auf solchen Sümpfen
könne man bauen, seufzte er erleichtert und wandte
sich zur Abwechslung der Astronomie zu. Die Pe-
tersburger vermehrten sich unterdessen immer weiter, fühlten sich vom Zar auserwählt und waren deswegen unglaublich eingebildet.

Mit der Zeit wurde noch eine weitere Besonderheit

der Hauptstadtbewohner sichtbar: Sie hatten vom Zar die Lust zum Experimentieren geerbt. Alles Neue und Unbekannte, alles, was das Leben in Russland beeinflusste, kam aus St. Petersburg: ob Mode oder abstrakte Kunst, Tuberkulose oder Revolution, Poesie, Architektur, Drogen oder Rock 'n' Roll. Anfang der Achtzigerjahre waren im Leningrader RockClub über achthundert Bands registriert, unter anderem die damaligen Koryphäen der alternativen Musikszene, die heute bereits eine Legende sind: *Aquarium, Kino* und *Zoopark*. Der Club war eine begehrte Adresse, es war nicht leicht, dort reinzukommen. Im großen Haus an der Rubinsteinstraße wurden Probenräume angeboten, die Clubleitung schickte ihre Bands auf Tournee und organisierte ständig Auftritte und Festivals. Alles natürlich umsonst, weil Geldverdienen verboten war. Der Club verfügte sogar über einen eigenen Geheimdienst, der aufpassen sollte, dass die Musiker auf Tournee keine Geschenke annahmen.

Jedes Jahr im Herbst fand eine öffentliche Sitzung aller Mitglieder statt, und die Geheimdienstler trugen ihren Jahresbericht vor. Es waren immer dieselben Geschichten. 1982 hatte es zum Beispiel die Band *Dschungel* gewagt, bei einem Konzert in Riga zwei Kisten Schnaps von ihren weiblichen Fans entgegenzunehmen. Alle Musiker ärgerten sich darüber schwarz und wollten *Dschungel* sofort aus dem Club verbannen. Doch Grebenschikow, der Sänger von *Aquarium*, stand auf und sagte: »Wozu sind wir hier? Um Rock 'n' Roll zu spielen, alles andere ist egal!« Dann ging er aus dem Saal an die frische Luft, und alle schämten sich.

Die jungen Bewohner von Leningrad genossen ein extrem abwechslungsreiches Kulturprogramm. Sie waren geradezu verwöhnt von so viel Rock 'n' Roll. Jeden Tag gab es irgendwo ein Konzert oder eine Flat-Session. Wir Moskauer konnten davon nur träumen und wurden jedes Mal blass vor Neid, wenn wir in der Wiege der permanenten Revolution zu Besuch waren. Aber unsere dortigen Freunde seufzten nur: »Ach, heute spielt schon wieder *Aquarium* im Iljitsch-Kulturhaus. Und wir haben dieses Programm schon letzte Woche im Haus der Jugend gesehen.« In Moskau war *Aquarium* bis zu diesem Zeitpunkt nur zweimal eher zufällig auf der Durchreise gewesen.

Natürlich lebte der Leningrader RockClub unter strenger Beobachtung der Jugendabteilung des KGB, und die Konzerte fanden nicht immer ganz legal statt. Trotzdem war die Vielfältigkeit der Rockkultur dort beeindruckend. In Moskau gab es zunächst keine solche Vereinigung, dafür hatten unsere Bands eine ganz eigene Ästhetik. Die Leningrader hatten die Quantität, unsere Gemeinde dagegen war klein, aber fein. Das halbe Dutzend Bands, die in Moskau rockten, konnte man nicht mit ihren schnöseligen Kollegen aus dem RockClub in der Rubinsteinstraße verwechseln. Mamonow zum Beispiel, der Sänger und Begründer von *Zwuki Mu*, hatte Philologie studiert und war von Beruf Übersetzer skandinavischer Sprachen. Er war Mitte vierzig und sah immer etwas schüchtern aus. Zusammen mit seinem jüngeren Bruder und einem reichen Erben eines Kreml-Arztes, der nur ganz schlecht E-Gitarre spielen konnte, gründete er *Zwuki Mu* und schrieb selbst die Texte:

> Ich bin eine stinkende Taube!
> Speckig, faul, unsauber,
> Jeder kann mich besiegen,
> Dafür kann ich aber flieeegeen!!!

Gleich nach seinem ersten Auftritt im Haus der Architekten wurde er zum Superstar der Moskauer Jugend. Es war Liebe auf den ersten Blick. Wie das Haus der Architekten damals auf die bescheuerte Idee gekommen war, Mamonow für ein Konzert einzuladen, blieb unverständlich.

Der Sänger ließ sich von zwei Arbeitern in einem riesengroßen grünen Plüschsessel auf die Bühne tragen. Alle Musiker trugen weiße Dreiteiler vom Feinsten, ihre Anzüge waren jedoch zerknittert und einige Nummern zu groß.

»Wir sind die letzte Hoffnung der sozialistischen Kultur, wir bringen dem Volk die Freude an der Musik wieder zurück«, verkündete Mamonow laut aus dem Sessel. »Wir brauchen mehr Raum, wir brauchen mehr Licht! Wo bleibt das Fernsehen?«

Er nahm die dunkle Brille ab. Seine rot-gelben Augen, wie die eines Werwolfs, selbst gebastelt aus einem aufgeschnittenen Tischtennisball, erschreckten die Architekten. Stinkender Kunstnebel bedeckte langsam die Bühne. Mamonow sang, zog die Schuhe aus und schmiss sie ins Publikum. Obwohl er wegen der falschen Augen nichts sehen konnte, traf er gleich beim ersten Wurf eine Frau genau an den Kopf. Sie riss sich daraufhin die Kleider vom Leib, hob Mamonows Schuhe auf, küsste sie und schrie: »Mamonow, ich liebe dich!«

»Ich dich auch«, antwortete der Sänger ins Mikrofon.

Die Architekten verließen langsam den Saal. Das junge Publikum jubelte. Die Frau mit dem Schuh erwies sich später als Mamonows angetraute Ehefrau.

Das Konzert dauerte ungefähr zwanzig Minuten. Dann kam die Miliz, machte den Strom aus und ließ alle verhaften.

Eine andere Moskauer Band hieß *Nikolaus Kopernikus*. Jurij Orlow war ihr Anführer. Seine Spezialität war es, psychedelische Musik mit offiziöser sowjetischer Poesie zu verknüpfen. Orlow, ein viel versprechender Absolvent des Moskauer Konservatoriums, war mitten in seiner großen Karriere ausgestiegen, um sich aufs Glatteis der alternativen Kultur zu begeben. Für jeden Auftritt stellte er seine Band neu zusammen, und er nahm jeden: die Akkordeoninvaliden von der Straße und Studenten aus dem Konservatorium, Soldaten und Hunde, und auch Priester und Alkoholiker machten bei ihm gern mit. Orlow trug zweihundert Lenin-Anstecker an seinem Anzug. Bei gutem Wetter fingen die Anstecker die Sonne, und Orlows Körper verströmte Licht. Er hielt sich für Lenins Nachfolger und erzählte jedes Mal der Miliz, er bringe das Licht des Kommunismus unter die Massen. Die Miliz konnte mit dem Mann nichts anfangen. Licht auszustrahlen war nicht direkt verboten. Außerdem hatte Orlow für alle Fälle immer eine Bescheinigung dabei, in der schwarz auf weiß stand, dass er verrückt sei.

Daneben gab es auch noch andere Musik-Kollektive, die in Moskau lebten und arbeiteten: *Brigade S., Va Bank, Chudo-Yudo.* Alle waren mit herausragenden Persönlichkeiten besetzt – schlechte Musiker und schräge Vögel. Aus diesen Bands und ein paar anderen, die später dazukamen, entstand 1983 auch in Moskau ein RockClub, ähnlich wie bei den Kollegen in Leningrad. Die Jugendabteilung des Moskauer KGB hatte zu diesem Zeitpunkt gelernt, wie man am besten mit der Rockszene umging: Man organisierte alles selbst, dann hatte man alle an einem Ort und ständig im Griff. In Moskau übertrieben sie es aber ein wenig, als sie einen Offizier aus den eigenen Reihen zum Leiter des RockClubs ernannten. Er hatte, bevor er zum KGB kam, eine Musikausbildung am Krupskaja-Kulturinstitut absolviert, und zwar im Fach »Führung eines Volkstanz-Kollektivs«. Sein Erscheinen im Club löste zuerst eine große Protestwelle aus, er erwies sich jedoch als schlechter Spitzel und großartiger Säufer. So konnte er zum Beispiel Wodka aus einem Sieb trinken, ohne einen Tropfen zu verlieren. Er etablierte sich schnell im neuen Kollektiv, und die Musiker gaben ihm den Spitznamen »Dirigent«. Am liebsten hätte der KGB auch noch selbst Musik gemacht, aber es mangelte ihm an Talenten.

Zum ersten Moskauer Festival »Rock Richtung Frühling« kamen viele namhafte Gäste aus Leningrad: *Kino, Aquarium, Alisa* und die *Automatischen Befriediger*. Die Räume stellte das Moskauer Öl-Gas-Institut zur Verfügung, eine der unbekanntesten Lehranstalten in der Stadt. Das Institut befand sich dicht an der Stadtgrenze, zwischen einem Wald und einem Güterbahnhof, war nur zu Fuß erreichbar und gut zwei Kilometer von der letzten Straßenbahnhaltestelle entfernt. Außerdem war das Gelände von einem hohen Zaun umgeben, also ein idealer Ort für ein Rockfestival. Die KGB-Mitbegründer hatten gehofft, das junge Publikum sei zu faul, um so weit zu laufen. Es kam aber anders: Über Nacht wurde das Gelände des Öl-Gas-Instituts zum wichtigsten Veranstaltungsort der Stadt. Tausende strömten dorthin. Nur einige hundert durften rein. Die Jugendlichen stürmten das Gebäude aus allen Richtungen, kletterten über den Zaun, stiegen aufs Dach und drangen durch die Fenster ein. Zwei Tage dauerte das Programm: Die *Automatischen Befriediger* hauten auf der Bühne ihre Gitarren kaputt, *Kino* besang das glückliche Leben auf einer Mohnplantage, und *Alisa* versetzte die Mädels in Trance. So etablierte sich Moskau zu einer neuen Rock-'n'-Roll-Adresse in der Sowjetunion. Danach folgten Swerdlowsk, Novosibirsk, Kiew und viele andere Städte.

An der Schwelle zur Perestroijka wurde der strenge Polizeiblick auf die Jugendkultur etwas lockerer: Die einzige sowjetische Plattenfirma Aprelewskij Savod Grammplastinok Melodia presste ein paar *Rolling-Stones-* und David-Bowie-Platten, dazu noch einiges von russischen Bands. Und dann ging auf einmal alles sehr schnell. Die Szene verließ ihre gemütlichen Kellerräume und trat in den großen Stadien von St. Petersburg, Moskau und Swerdlowsk auf. Es folgte der erste skandalöse Auftritt von *Aquarium* im Fernsehen, dann der zweite und der dritte. Die Jugendabteilung des KGB zog sich zurück und löste sich bald auf, die RockClubs wurden nicht mehr gebraucht, der Sozialismus kippte um. Alle waren auf einmal frei und alles öffentlich zugänglich. Mit dem Ende des Sozialismus verlor die Szene ihren Charme und ging blitzschnell unter, zusammen mit anderen Errungenschaften der früheren Zeit: der Untergrundliteratur, dem antisowjetischen Gruppensex – denn nur die Liebe macht frei in einer totalitären Gesellschaft – und dem Glauben an Amerika. In die Räume des RockClubs in der Rubinsteinstraße zog ein »erotisches Nachttheater« ein. Die achthundert Bands verschwanden spurlos, und schon nach einem halben Jahr konnte sich kaum einer mehr an sie erinnern.

Der Club verfügte früher über ein großes Musikarchiv. Ein Teil davon wurde privat abgeräumt, ein anderer Teil landete im Kiosk am Bahnhof. Die Kassetten verkauften sich aber nicht mehr. Der ganze russische Rock 'n' Roll war als Protest gegen den öden sozialistischen Alltag entstanden. Die Texte waren wichtig. Und die Musik? Sie war schon immer Scheiße gewesen. Die neuen Zeiten versprachen ein anderes Leben in einer freien demokratischen Gesellschaft. Das klang viel versprechend. Nun wollten alle endlich auch mal schöne Musik hören. Und was ist schöner als Pop? Der Untergang der Rockszene schien vollkommen und unwiderruflich. Das große Geschäft mit dem Pop begann.

Die erste Regel des Kapitalismus hieß: Man darf nie zu anspruchsvoll sein. Egal, was du verkaufst, Computer aus Amerika oder Pantoffeln aus Vietnam, es zählt nur der Profit. Schnell haben die großen Geldmacher festgestellt, dass man mit Popmusik unter Umständen schneller und mehr verdienen konnte als mit Kunstlederjacken aus der Türkei. Sie fingen an, die Popstars wie am Fließband zu produzieren. Das war nicht schwierig, denn die Jungen und Mädchen mussten ja nicht unbedingt singen oder spielen können. Hübsch sein und Mitleid erregen, mehr nicht.

»Mit Pop ist es wie mit dem Betteln«, sagte mir ein-

mal ein Produzent, »wenn du die Kunden nicht ver-
führen kannst, dann musst du sie zum Mitleid bewegen.« Deswegen beschränkte sich die Popsong-
Problematik auf zwei Themen, die Liebe und den
Knast. Noch besser beides zusammen: Liebe im Knast
oder Knast der Liebe – das waren die absoluten Ren-
ner. »Du brauchst nur ein Knastgitter auf das Cover
zu zeichnen und ein halb nacktes Mädchen dahinter,
schon hast du die erste Auflage verkauft«, erzählte der
Produzent.

Der Markt wurde von Tag zu Tag unübersicht-
licher. Dutzende von Nataschas, Annas, Viktors und
Wladimirs sprangen im Fernsehen herum und winkten mit den Händen. Alle Popstars waren nach demselben Muster gestrickt und unterschieden sich kaum
voneinander. Doch das störte niemanden. Es hatte
sogar einen großen Vorteil: Die Jungs und Mädchen
konnten zur Not immer füreinander einspringen,
und keiner merkte etwas. Groß investieren mussten
die Produzenten auch nicht, im Gegenteil: Jeder, der
Geld hatte, wollte seine Frau, Tochter oder Geliebte
zum Popstar machen.

Diese Star-Macherei entwickelte sich mit der Zeit
zu einem Volkssport unter reichen Russen. Eine ganze Armee von Videoclipproduzenten, Studiobossen,
Fernsehteams und Journalisten stand ihnen dabei zur

Verfügung. Auf diese Weise übte der Pop sogar einen gewissen Einfluss auf die neue Marktwirtschaft aus: Als der singende Sohn von Sergejew, dem Besitzer der größten Lebensmittelladenkette Russlands, in die Hitparade kam, wurde schlagartig die Wurst teurer. Und nachdem es Alsu, die Tochter eines Ölmagnaten, bis in den Grand Prix d'Eurovision geschafft hatte, stiegen prompt die Ölpreise. Die Popsänger mussten nicht jedes Jahr ihr Publikum mit einer neuen Platte überraschen. Ihr Job war ein anderer: möglichst viel reisen, viel im Fernsehen lächeln, viel auftreten. Die Lieder wurden sowieso immer vom Band abgespielt, während die Sänger auf der Bühne nur den Mund auf- und zumachen mussten. Das Publikum war nicht wählerisch und für alles dankbar.

Um eine größere Präsenz zu gewinnen, schafften sich manche Popbands Doppelgänger an. Besonders bemühte sich in dieser Hinsicht die Gruppe *Der kuschelige Mai*. Laut einer Legende bestand sie komplett aus unehelichen Kindern Michael Gorbatschows aus Stawropol. Dort hätte er seinerzeit viele wilde Geschichten mit Frauen gehabt, erzählte man sich. Zum Beweis wurde immer wieder ein Foto in den Zeitungen veröffentlicht: Auf dem Bild hielt Gorbatschow den jungen Sänger vom *Kuscheligen Mai* auf dem Schoß und strich ihm über den Kopf.

Die Gruppe *Der kuschelige Mai* – vier hübsche Jungs zwischen zwölf und sechzehn, alle mit einem großen Leberfleck auf der Stirn und sehr süß – hatte eine achtfache Doppelbesetzung. Das ermöglichte der Band, flächendeckend zu arbeiten: Sie konnte an einem einzigen Abend in acht verschiedenen Städten gleichzeitig Konzerte geben. Die Jungs wurden in kürzester Zeit steinreich. Doch die Doppelgänger waren auch nicht blöd. Schnell merkten sie, worauf es ankam, lösten sich von ihren ursprünglichen Arbeitgebern und tourten auf eigene Faust weiter. Dabei behaupteten alle Gruppen, sie seien die einzig echten. Eine Zeit lang gab es acht echte *Kuschelige Mais* im Land, die sich ständig stritten, miteinander konkurrierten und daran letztlich scheiterten.

Die Popkultur blühte aber immer weiter. Die Jungs und Mädchen kamen und gingen, aber die Betriebsleitung blieb: ein vorbestrafter Komponist und vier alte Poeten, die für die Texte verantwortlich waren. Die Strophen mussten sich reibungslos reimen, und Wörter mit mehr als fünf Buchstaben durften nicht verwendet werden. Der Komponist hatte in seinem früheren Leben einen Videosalon zu Hause betrieben und Pornofilme verkauft. Dafür war er zwei Jahre im Knast gelandet, wo er komponieren gelernt hatte.

Von der alten Garde, den Helden der Subkultur, sind auch einige im Geschäft geblieben. Einer, Makarewitsch von *Zeitmaschine*, hatte dann plötzlich eine eigene Fernsehsendung. Er kochte dort jede Woche live verschiedene Gerichte, außerdem warb er auf zahlreichen Plakaten für Wunderbratpfannen aus Teflon und Mixgeräte der Marke Philips. Er war dick geworden und bei den Hausfrauen des Landes sehr beliebt.

Ein anderer, der Schlagzeuger von *Zwuki Mu*, wurde Herausgeber des russischen *Playboy* und musste sich jeden Monat neue Sextipps einfallen lassen.

Viele Rock 'n' Roller sind aber auch jung gestorben – bei einem Autounfall wie der Sänger von *Kino* oder im Suff wie der Sänger von *Zoopark*. Manche sind ins Ausland gegangen, nach Amerika, oder haben sich, wie Mamonow, auf dem Land niedergelassen. Er lebt seit Jahren in einem kleinen Dorf, füttert die Katzen vor der Dorfkirche und macht bei den dortigen Bauern Haschisch populär. »Kiffen statt trinken!«, lautet sein Agrarprogramm.

Ein anderer Held von damals, der lebenslustige rotwangige Akkordeonspieler der Gruppe *Null,* hat das Aussterben seiner Szene gar nicht mitbekommen. Gerade noch rechtzeitig, bevor der Sozialismus zu Ende ging, stach er seine Freundin mit dem Messer nieder und landete für sechs Jahre im Knast. Danach verbrachte er noch einige Jahre in einer Klapsmühle. Dort kam er zu dem Schluss, dass seine Exfreundin doch keine Hexe und folglich die ganze Tat umsonst gewesen war. Er fand in der Klapse den Sinn des Lebens wieder und wurde als überzeugter Zeuge Jehovas entlassen. Im Knast und besonders in den russischen Irrenhäusern ist diese Sekte sehr einflussreich. Nun trägt der ehemalige Akkordeonspieler einen grauen Anzug, spricht leise, sieht überall Licht und musiziert nur noch für seine Gemeinde.

Mit der Zeit hatten sich alle mehr oder weniger am »freien Leben in der demokratischen Gesellschaft« satt gegessen. Der flächendeckende Pop ging ihnen langsam auf die Nerven. Es entstand aufs Neue ein Widerstandspotenzial, diesmal gegen den korrupten totalitären Kapitalismus und die bitter-süße Popkultur, Quelle der allgemeinen Verblödung. Der alte Geist des Rock 'n' Roll schien wieder aufzuerstehen. Er hatte sich äußerlich fast bis zur Unkenntlichkeit verändert, aber der kritische Anspruch war wie früher hoch, und die Musik hörte sich richtig beschissen an. Die ersten Vorboten kamen wie immer aus St. Petersburg. Zum Beispiel *Leningrad*, eine Band mit fünf bis zwanzig Musikern, einem stets besoffenen Solisten namens Schnurow, dreisten Texten, die nicht ins

Fernsehen und in den Rundfunk dürfen, weil sie zur Hälfte aus schlimmen Schimpfwörtern bestehen, und einer Vorliebe für Ska-Rhythmen. Die Band eroberte schnell die Herzen der jungen Leute. *Leningrad* machte sich über alles lustig, besonders über den Pop.

Einmal produzierte die russische Britney Spears namens Zemfira einen neuen Hit: »Gesucht«. Es ging darin um Liebe und Verzweiflung: »Ich, ich hab dich gesucht, von dir habe ich nächtelang geträumt...« Schon am nächsten Tag präsentierten *Leningrad* der Öffentlichkeit ihren Gegenhit »Gefunden«: »Mich! Du hast mich gesucht! Du hast mich gefunden! Ich war es, der hässliche Zwerg aus deinem Traum«, sang Schnurow. Die Agentur von Zemfira reichte eine Klage vor Gericht ein: *Leningrad* habe die Melodie für den Hit »Gefunden« von Zemfiras Lied »Gesucht« geklaut. Das sei gesetzeswidrig, und deswegen dürfe *Leningrad* den Hit »Gefunden« nicht öffentlich spielen. Schnurow gelang es jedoch zu beweisen, dass es in den beiden Liedern »Gesucht« und »Gefunden« gar keine eigenständige Melodie gäbe, die man hätte klauen können. Die musikalische Begleitung bestünde bloß aus Geräuschen, und singen könnten sie beide sowieso nur falsch. Schnurow gewann diesen Kampf und durfte nun das Lied »Gefunden« überall in der Öffentlichkeit singen. Er wollte aber nicht.

Bei uns in der Russendisko legen wir viel *Leningrad* auf und keinen Plastikpop aus der ehemaligen Sowjetunion. Dafür werden wir oft von unseren Landsleuten beschimpft, die leichte Popmusik haben wollen. Wir nehmen ihnen das nicht übel. Kein DJ der Welt kann es allen recht machen, ein russischer schon gar nicht. Wenn die Stimmung bei uns in der Disko hochkocht, gibt es immer zwei, manchmal drei Mädchen, die neben uns stehen und uns vorwurfsvoll anschauen. Das sind unsere Landsleute, die unsere Musik nicht mögen. »Wann kommt die normale Musik?«, fragen sie. Normaaale Musik! *Ups-Ups, Tatoo, Alsu!* Und jedes Mal, wenn ich antworte, dass die normale Musik niemals kommen wird, werden sie ganz traurig.

»Ich schäme mich für euch, Jungs«, sagte neulich Lena aus Charkow. »Ich habe zu Hause mehr normale Musik als ihr in der ganzen Disko! Warum legt ihr das nie auf? Ihr könnt doch hier in jedem russischen Lebensmittelladen richtige Musik kaufen!«

Sie hat Recht. In jedem dieser Läden steht immer ein Pappkarton neben der Theke mit billigen Popplatten, die zu Millionen in Russland produziert werden und alle gleich aussehen. Wir nennen sie verächtlich Lebensmittelladen-Musik. Diese Lena aus Charkow fand ich so sympathisch, dass ich ernsthaft überlegte, sie über Musik aufzuklären, obwohl ich aus Erfahrung weiß, dass eine solche Aufklärung nur schief gehen kann. Wahrscheinlich ist sie neben einem russischen Lebensmittelladen aufgewachsen und hat diese Musik aus dem Pappkarton zu jedem Geburtstag geschenkt bekommen. Sie hatte einfach keine Chance, wahre Musik kennen zu lernen, all die mit Geist und Seele gespielten Werke, das musikalische Weltkulturerbe – *Ramones, Sex Pistols, The Clash*… Hätte Lena neben einem Punkclub gewohnt oder wären ihre Eltern Gruftis gewesen, dann hätte ihr Musikgeschmack sich bestimmt in eine ganz andere Richtung entwickelt.

Neulich erzählte mir ein Freund, der Sozialpädagoge ist und mit Gefangenen in einem Jugendknast arbeitet, wie sich der Direktor des Gefängnisses bei ihm beschwerte. Die Insassen dort haben eine eigene Radiosendung namens *Strafzeit,* bei der die Knackis ihre Lieblingsmusik bestellen können. Die Deutschen hören am liebsten *Queen, Led Zeppelin, Scorpions* und Peter Maffay. Von dieser Musik werden sie sentimental und ruhig. Bei den russischen Knackis bewirkt diese Musik aber genau das Gegenteil: Wenn sie Maffay hören, drehen sie total durch, werfen sich auf die Lautsprecher und wollen sofort in ihre Heimat ausgeliefert werden. Einer hat nach einer halben

Stunde *Scorpions* einen Wächter sogar dermaßen ver-
möbelt, dass der sich nicht mehr traute, zur Arbeit zu
gehen. Erst nachdem mein Freund, der Sozialpädagoge, in einem russischen Lebensmittelladen eine
ganze Plattenkiste für die Sendung gekauft hatte,
kehrte Ruhe im Karton ein.

Ich habe nur einmal eine Platte in einem russischen Lebensmittelladen gekauft, und das war eher
ein Unfall. Eigentlich wollte ich nur ein Glas mit
Salzgurken kaufen, mit dem tollen Etikett »Die Salz-
gurke von damals, oh, dieser längst vergessene Geschmack«. Der Verkäufer hinter dem Tresen sah aus
wie ein praktizierender Boxer aus der Schwerge-
wichtsklasse.

»Du liebst also Gurken. Dann wirst du das hier
auch mögen«, sagte er und drückte mir eine CD in
die Hand. »Das musst du dir unbedingt anhören, das
ist meine Musik. Ich spiele hier Gitarre und singe
Texte, die ich selbst geschrieben habe. Ich bin eigentlich Künstler, weißt du? Als Landsmann kriegst du
sie für fünf Euro, für die Qualität kann ich garantie-
ren. Ich habe davon schon tausend Stück verkauft,
und niemand hat sich beschwert. Sag jetzt nicht
Nein, das würde mich echt beleidigen!«

Der Boxer war so aufgeregt, dass ich seine Musik
tatsächlich kaufte. Zu allem Überfluss hieß die Plat-

te auch noch *Meine besten Lieder*. Ich glaubte ihm sofort, dass er bereits locker tausend über den Tresen geschoben hatte. Wahrscheinlich hat jeder eine bekommen, der jemals seinen Laden betrat.

»Hör sie dir in Ruhe zu Hause an, und wenn du der Meinung bist, damit stimmt was nicht, komm wieder vorbei, und wir diskutieren darüber«, sagte das Multitalent.

Ich habe die Platte noch immer nicht ausgepackt, auch die Gurken warten im Kühlschrank. Wir sind noch nicht reif füreinander: ich und die Lebensmittelladen-Musik.

Lass uns rennen, lass uns reiten

Deutschland ist ein sensibles Land. Wenn eine Moschee in Holland brennt oder Osama bin Laden in den Nachrichten erscheint, entfacht das hierzulande sofort eine Diskussion über die deutsche Leitkultur. Von hohen Tribünen aus wird über die besondere Wichtigkeit dieser Leitkultur im Alltag philosophiert und gefordert, dass sich die Zugezogenen, Nicht-Eingeweihten gefälligst besser anpassen sollen. Beim einfachen Volk kommt diese intellektuelle Auseinandersetzung in einer vereinfachten Variante an, und schon wird man auf der Straße von wildfremden Menschen im Plural angepöbelt: »Sprecht Deutsch! Ihr seid in Deutschland! Hier wird Deutsch gesprochen! Am besten, ihr geht wieder zurück in eure Heimat!« Alle Wächter und Schützer der Leitkultur werden wachsam. Sie lauschen und fühlen sich sofort angesprochen, wenn sie nur ein Wort hören, das sie nicht verstehen. Aber eigentlich haben sie kein Recht, fremden Leuten zuzuhören. Es geht sie nichts an, in welcher Sprache ich mich zum Beispiel mit meinen Freunden unterhalte. Also pöbeln wir uns gegenseitig an, wobei natürlich beide Seiten Recht haben, wie es halt immer ist, wenn es um solche wichtigen Dinge wie die Leitkultur geht.

Auch in meiner Heimat reden die Leute allerorts gern von ihrer sakralen nationalen Kultur, der sich alle anderen Ethnien gefälligst unterwerfen sollen. Nach Auflösung des sowjetischen Imperiums hatten die neu gebackenen »Nationaldemokraten« in allen fünfzehn ehemaligen Republiken sofort diese Debatte ins Leben gerufen, alles selbstverständlich anständige Leute, die nur das Beste für ihr Volk wollten. Sie forderten ihre lange Zeit von den Minderheiten und den Kommunisten unterdrückte Leitkultur. Im Kampf für ihre nationalen Werte waren sie sich für nichts zu schade, und schnell verlor dieser Kampf jeden intellektuellen Anschein. Er wurde mit allen Mitteln geführt – Propaganda, Terror, Deportationen, Geiselnahmen, Massenmord. Immerhin ging es um nichts Geringeres als das Recht des Volkes auf Selbstbestimmung, um die vorherrschende Glaubensrichtung, um die historische Gerechtigkeit!

Heute, vierzehn Jahre und etliche tausend Leichen später, stellen die Vordenker von damals mit Erstaunen fest: Nirgendwo, in keiner einzigen Republik, ist das Leben gerechter geworden. Schlimmer noch, es hat sich überhaupt nichts verändert in Sachen Leitkultur. An der Macht sind in den meisten Republiken die gleichen Schurken, die schon unter den Kommunisten regierten. In einzelnen Fällen haben sie ihre Ämter ihrem Nachwuchs hinterlassen, wobei die Traditionen der Urväter von ihnen genauso wenig befolgt werden wie früher. Die Minderheiten sind nicht ausgerottet worden, wenn auch viele weggezogen sind, aber das hat keinem Land den Aufschwung gebracht. Und die Leitkultur? Ich habe den Eindruck, kaum jemand hat hier wie dort eine klare Vorstellung davon, was das ist. Hätten sich die Menschen nur mehr füreinander interessiert, hätten sie ihre Kulturen gegenseitig bereichert, dann wäre eine solche pseudokulturelle Debatte nie zustande gekommen. Aber die meisten wollen nach wie vor nichts voneinander wissen und verbarrikadieren sich hinter ihrer dummen Leitkultur.

Nehmen wir als Beispiel die Musik. Von den Deutschen kennen die meisten in Russland nur *Rammstein*. Alt und Jung, alle finden *Rammstein* gut. Sie sollen sogar bei dem neuen russischen Zeichentrickfilm *Nussknacker* mitmachen und treten regelmäßig in großen Stadien auf. Das war nicht immer so. Am Anfang gab es mit *Rammstein* Probleme, weil viele Randgruppen die Band missverstanden und in den jungen Musikern ihre Glaubensbrüder zu erkennen meinten. Die russischen Skinheads hielten sie für Nazis und freuten sich, dass endlich die Nazirock-Welle auch Russland erreicht hatte. Die Yuppies hielten *Rammstein* für eine abgefahrene schwule Boygroup, die Punks hielten sie für eine Anarchoband aus der ehemaligen DDR, und die Anhänger des Bodybuilding hielten die Musiker für deutsche Schönheitsikonen.

Wenn alle diese unterschiedlichen Gruppen gleichzeitig ein *Rammstein*-Konzert besuchten, fing sofort ein aktiver Meinungsaustausch darüber an, wer die wahren Fans von *Rammstein* waren und wer sich nur hierher verirrt hatte. Viele Knöpfe wurden von Mänteln abgerissen, Unbeteiligte krankenhausreif geschlagen, Busse umgekippt, Haltestellen angezündet und Kulturhäuser verwüstet. Einige Konzerte wurden schon im Vorfeld von der Stadtverwaltung verboten. In mehreren Interviews hatte der Sänger der Gruppe, Till Lindemann, betont, dass ihn Politik, Gewalt und Homosexualität eigentlich nicht interessieren und dass *Rammstein* möglichst breite Schichten der Bevölkerung ansprechen wolle, denn in ihren Liedern gehe es um allgemein menschliche Werte, um etwas, das jedem – ob Homo oder Nazi oder sonst was – teuer und wichtig sein müsse: nämlich um Glaube, Liebe, Hoffnung und den Tod. Irgendwann beruhigten sich die Gemüter in Russland – und die verschiedenen Randgruppen mussten sich *Rammstein* mit dem Rest der Bevölkerung teilen. Die Band wurde zu einem russischen Popidol. Die unterschiedlichsten Menschen fanden auf *Rammstein*-Konzerten zueinander und sangen alle zusammen im Chor: »Bestrafe mich, bestrafe mich, du darfst mein Bestrafer sein, ja, ja, ja.«

Durch den Aufstieg von *Rammstein* wurde das Image der Deutschen in Russland stark verbessert. »Nicht alle Deutschen sind Nazis! Einige können sogar gute Lieder schreiben« – das war die Botschaft, die mit *Rammstein* rüberkam. Gleichzeitig stellten viele fest, dass die verfluchte und für sehr kompliziert gehaltene deutsche Sprache gar nicht so schwer ist. Seit *Rammstein* permanent im russischen Radio und Fernsehen zu hören und zu sehen ist, können plötzlich alle Russen ein wenig Deutsch. »Töte mich und iss mein Herz«, summen sie morgens auf dem Weg zur Arbeit. Die Texte sind klar und emotional und leicht nachzusingen. »Eins – hier kommt die Sonne, zwei – hier kommt die Sonne, drei, vier, fünf, sechs …« – so etwas kann sich jeder merken. Und weil Fremdsprachenkenntnisse heute in Russland zu den großen Tugenden zählen und die Sprachschulen voll sind, wurden die *Rammstein*-Texte auch sofort in deren Lehrstoff einbezogen. Ein russischer Verlag hat in seiner Lehrbuchreihe *Deutsch lernen leicht gemacht* sogar einen Textband herausgegeben mit dem Titel: *»Rammstein« – Lieder für den Deutschunterricht«.* Das Buch wurde nicht nur bei den *Rammstein*-Fans ein großer Erfolg. An vielen Sprachschulen wird die Rammstein'sche Poesie als ideales Lehrmaterial für Anfänger benutzt, weil (laut Vorwort) schon ein Wortschatz von fünfhundert Wörtern ausreicht, um sie zu verstehen. Das Lehrbuch fängt mit dem einfachsten Lied an: »Rammstein – Die Sonne scheint«, und endet mit dem kompliziertesten Text, den man am besten auswendig lernt: *»Leg mir die Ketten an, der Schmerz ist schön wie nie, ich gehe auf die Knie ...«* Das Buch ist dünn, achtundvierzig Seiten in fetter Schrift, doch wer es durch hat, kann Deutsch. Daran besteht kein Zweifel. Er kann dann nach Deutschland fahren, hier in jeden Laden gehen und die Verkäuferinnen fragen: »Wollt ihr das Blut vom Degen lecken? Wollt ihr den Dolch ins Laken stecken?« – und jede wird ihn verstehen.

Im Grunde genommen könnten wir bei unseren Veranstaltungen *Rammstein* als russische Band vorstellen. Das tun wir aber nicht, um das deutsche Publikum nicht zu verwirren. Sie sind oft auch ohne *Rammstein* verwirrt genug, weil unser Programm den deutschen Vorstellungen von russischer Musik nicht entspricht. Fast jedes Mal, wenn wir Russendisko haben, drängt sich einer aus dem Publikum zum DJ-Pult und fragt nach »Kalinka Malinka«.

»Was soll denn das sein?«, fragt der DJ zurück.

»Wie – was? Das ist doch das Russenlied überhaupt!«, empört sich jedes Mal der Gast und droht mit Maßnahmen. Sein Bild von der russischen Musik ist verrutscht. Der Mann ist ganz offensichtlich folkloregeschädigt. Und mit Folklore ist nicht zu spaßen, sie ist keine Musik, sie ist eine Wissenschaft. Leider sind die Repräsentanten in ihren Heimatländern oft unbekannt. So wie zum Beispiel die ganzen Don-Kosaken-Chöre, die es in Russland gar nicht gibt, oder umgekehrt die Bavarian-Biersänger, die man hier in keinem Musikladen findet, die dafür aber in meiner Heimat als deutsche Folklore schlechthin überall in den Regalen liegen.

In jedem Land ist die Folklore eine Ehrensache des Südens. Deswegen ist in Deutschland hauptsächlich Bayern für die Folklore zuständig. Dort ist es warm, die Männer laufen das ganze Jahr über in kurzen Lederhosen herum, und die Frauen haben nichts unterm Dirndl an – eine spaßorientierte Gegend. Oft setzen sich dort Menschen zusammen und jodeln bis nach Mitternacht. Das wird vom öffentlich-rechtlichen Fernsehen mitgeschnitten und als folkloristisches Lustspiel am Wochenende weltweit ausgestrahlt. Sendungen wie *Die singenden Niedersachsen* oder *Das tanzende Mecklenburg* sind mir dagegen noch nicht begegnet. Im russischen Süden, in Krasnodar, wo die wahren Kosaken leben, sind die Lieder auch feurig und zum Tanzen animierend. Die Balalaikas haben dort nicht drei und nicht vier, sondern sechs Saiten und werden jedes Mal aufwändig gestimmt. Aber schon etwas nördlicher wird die Musik monotoner, langweiliger und die Texte immer tragischer. Die Balalaikas haben dort nur drei, manchmal zwei oder sogar nur noch eine Saite, und sie werden überhaupt nicht mehr gestimmt. Noch nördlicher, wo der Winter zehn Monate dauert und die Katzen wie Hunde bellen, werden die Balalaikas durch einen Holzlöffel ersetzt und die Melodien auf eine Note reduziert. Dafür aber werden die Balladen immer länger.

Im Winter haben die Menschen im Norden viel Zeit. Sie besingen ihre Überlebenskunst. Die typische Fabel eines solchen Liedes lautet: Der kinderreiche Familienvater steht in seinem leeren Pferdestall und überlegt: Das Pferd ist längst aufgegessen, also muss er entweder seine Frau oder die Kinder töten. Anders als in dem bekannten deutschen Märchen *Hänsel und Gretel* entscheidet sich der russische Mann immer für die Kinder und schickt lieber seine Frau in den Wald. »So 'ne Fraa-aau finde ich noch, aber solche Kinder nicht!«, singt er. Mit solch wahrer Folklore kann kein Land auf dem internationalen Parkett eine gute Figur machen. Deswegen ist die russische Folk-Schublade in den Musikgeschäften immer die kleinste. Bisher hat auch nur ein einziges russisches Lied im Westen große Karriere gemacht, und das auch nur deswegen, weil es falsch übersetzt wurde. Das Lied »*Those Were The Days*« oder auf gut Deutsch »An jenem Tag« war überall in den Charts und wurde mittlerweile in mehr als zwanzig Sprachen übersetzt. John Lennon, Luciano Pavarotti und Freddy Quinn haben es gesungen. In Amerika, England und Frankreich machte dieses Lied aus Betty Page, Dalida und Mary Hopkins große Popstars. Speziell in Deutschland waren es unter anderem Alexandra, Paola und Peter Alexander. Das Lied wurde schon mal als Rap, als Countrysong, als finnischer Tango, als Rock 'n' Roll und als Tiroler Gesang präsentiert. Und das nur, weil alle dachten, »An jenem Tag« sei eine fröhliche Liebesschnulze:

An jenem Tag, mein Freund,
Die Welt war wunderbar,
Die Zeit blieb stehn,
allein nur für uns zwei,
Doch eh wir nachgedacht,
Und alles wahr gemacht,
Da war der Tag für uns schon längst vorbei
Leileileileilala Lalalaleilalei Lalalalalalalalalaa

In Wirklichkeit sind die Angaben auf den zahlreichen
Covern aber nicht korrekt. Das Lied »An jenem Tag«
ist gar kein Volkslied und auch nicht von Gene Ras-
kin, der es nur falsch ins Englische übersetzte. Zwei
Männer, Boris Fomin und Konstantin Podrewskij,
haben dieses Lied, das in der ursprünglichen Fassung
»Der lange Weg« heißt, an einem kalten Winterabend
vor achtzig Jahren geschrieben. Sie froren sehr und
starben früh. Und ihr Lied ging so:

An jenem Tag, mein Freund, sind wir aufgewacht
So gegen Abend, um sieben, halb acht,
Der Teufel hatte schon Laternen angemacht,
Wir standen auf, haben nachgedacht,
Was haben wir denn gestern falsch gemacht?
Wir sollten alles dringend ändern!
Verpenntes Leben, Wartezeit vorm Sterben,

Das Ganze hier wird doch böse enden!
Verfluchte Scheiße, finstere Nacht…
Leileileileilala Lalalaleilalei Lalalalalalalalalaa…

Heute hat die Globalisierung den Musikgeschmack
der Menschen fest im Griff. Deswegen ist auch das
Musikgeschäft rund um den Globus langweilig geworden. Man denkt manchmal fast, all die Stars
würden Jahr für Jahr nach demselben Muster ge-
klont, die ganzen Superbands kämen alle aus derselben Büchse. Und oft stimmt es sogar. Diese Prak-
tik wird in jedem großen Geschäft verwendet, um
bei dem Verbraucher einen Wiedererkennungseffekt
hervorzurufen. Denn ohne diesen Effekt geht gar
nichts. Wenn die Hamburger in jedem McDonald's-
Laden anders aussähen, würden die Leute sie als
solche nicht mehr erkennen und verhungern. Genauso ist es mit der Musik. Wenn der Verbraucher
Radio hört oder MTV guckt, muss er sofort merken: Hallo, da spielt meine Musik. Für besonders
schlaue Zuhörer mit ausgefallenem Geschmack wird
in der Büchse noch die so genannte Worldmusic produziert – trommelnde Afrikaner, Bläser aus Indien
und Kehlkopfsänger aus der Mongolei –, damit die
Schlauen denken, sie würden gegen den Mainstream
schwimmen.

Bei uns in der Sowjetunion gab es auch jede Menge Worldmusic, sie wurde vom Staat kreiert und gefördert. Die Sowjetunion war nämlich nicht nur eine mit Atomwaffen ausgerüstete Diktatur, sondern auch ein freiwilliger Zusammenschluss vieler Völker, die alle nichts zu meckern haben sollten. Jede Minderheit war verpflichtet, ihre eigene nationale Kultur zu hegen und zu pflegen, das heißt eigene Sänger, Dichter und Tänzer auszubilden, egal, was es kostete. Um eine kreative Entwicklung dieser Kulturen zu ermöglichen, hatte der Staat ein Quotensystem entwickelt, in dem festgelegt war, wie viele angehende Künstler aus allen Winkeln der Sowjetunion jedes Jahr nach Moskau ans Konservatorium durften. Einige dieser Quotenkünstler sind mit der Zeit zu richtigen Kultfiguren der sowjetischen Kunstszene aufgestiegen. Zum Beispiel der tschetschenische Volksballett-Tänzer Mahmud Isambaew, der dann in vielen sowjetischen Filmen Indianer und böse Außerirdische spielte. Ebenso das feurige Ensemble aus Dagestan, *Takschun*: zwanzig Männer in schwarzen Kostümen mit silbernen Dolchen im Gürtel und in der Hand, die virtuos mit ihren Waffen jonglierten, aber trotzdem nach jedem zehnten Säbeltanz mindestens einen Toten auf der Bühne hinterließen, wie der alte Brauch es vorschrieb.

Besonders beliebt beim sowjetischen Publikum war jedoch ein exotischer Sänger aus Jakutien, Kola Beldi. Er kam aus dem äußersten Norden, wo die Menschen das Fell von Seehunden als Tapeten für ihr Zuhause und ihre Rentiere als Fahrzeuge benutzen. Mitte der Siebzigerjahre eroberte Kola Beldi mit seinem Hit »Lass mich dir die Tundra zeigen« alle großen Bühnen des Landes. Seine Gastspiele dauerten Jahre. Unermüdlich sang und tanzte er in sämtlichen Kulturhäusern der Sowjetunion, und überall war er hochwillkommen. Auch ich habe als Kind einmal Kola Beldi in einem Konzert erlebt: Er war ein zierlicher Mann, klein wie ein zwölfjähriger Junge, dazu in eine Nationaltracht aus Nerzfellen eingewickelt, die ihm einige Nummern zu groß war. Außerdem konnte er nicht ruhig auf der Bühne stehen und torkelte ständig herum. Böse Zungen meinten, Kola Beldi sei noch nie in seinem Leben nüchtern gewesen. Viele im Publikum lachten, als der kleine Mann zum Mikrofon ging. Aber schon nach fünf Minuten herrschte absolute Stille im Saal. Kola Beldi hatte eine kräftige Stimme und war ein begnadeter Akteur: Während des Singens sprang er permanent hin und her, her und hin:

116

Lass mich dir die Tundra zeigen,
Wo der Schnee schon grau wirkt.
Ich wär so gern ein Bärenfell,
Das zu deinen Füßen liegt.
Durch den Frost und durch den Nebel reiten,
Bis ans Ende der Welt,
Um für immer zu verschwinden
Hinter glattem weißem Feld!
Lass uns rennen, lass uns reiten,
In das tolle Reich des Schnees!
Du wirst staunen, du wirst sehen:
Es ist wirklich wunderschön…
Uhuu!

Jedes Mal wurde sein Hit mit großem Applaus begrüßt. Nicht dass die Zuhörer wirklich mit Kola Beldi in die Tundra reiten wollten, viele waren auch schon mal dort gewesen. Nun waren sie jedoch froh, sich an dieser Reise ausschließlich imaginär beteiligen zu können.

Kola Beldi kam immer gut an. Er besang die Schönheit seiner Schneewüste so glaubwürdig, als wäre sie tatsächlich der erstrebenswerteste Ort der Welt. War er wirklich auf seine Heimat und auf seine Leitkultur so stolz, oder war das eine Widerstandsgeste gegen die Unterdrückung der nordischen Völker? Was waren seine Gründe? Ich glaube, die Menschen singen nie ohne Grund. Die jungen Punks vor dem McDonald's singen, um etwas Futter für ihre Hunde zu kaufen, die Kleinkinder im Kindergarten müssen es tun, weil sie in einer pädagogischen Maßnahme stecken, die deutschen Superstars singen, weil sie ins Fernsehen wollen.

Warum singt aber der ganz normale Erwachsene? Aus Lebensfreude, behauptete ich einmal. Mein Freund und Kollege Helmut Höge, ein ehemaliger Landwirt und Maoist, aber meinte im Gegenteil, das Singen sei eine Form des Widerstands gegen verschiedene Formen von Unterdrückung. Ich sprach von den glücklichen Urmenschen, die nach einer gelungenen Mammutjagd aus ihren Höhlen herauskrabbelten und sich dem gemeinsamen Gesang am Lagerfeuer widmeten, um ihrer Zufriedenheit Ausdruck zu verleihen. Sie grölten und jauchzten unter freiem Himmel, rissen sich die Pelze vom Leib, versanken in musikalische Ekstase und schufen dadurch die zwei Millionen Jahre alte Grundlage für die Folklore-Sendung *Musikantenstadl*, die heute für Lebensfreude steht.

Helmut widersprach und behauptete, nach einer erfolgreichen Jagd würden die Urmenschen niemals singen wollen, eher würden sie schlafen gehen. Wenn aber die Höhle einstürzte, die Mammuts abhauten, die Feinde von allen Seiten das Lager umzingelten, dann stand der Urmensch auf und fing an zu singen. Die gesamte Musikgeschichte sei eine Geschichte der Unterdrückung und Sklaverei, meinte er: Man denke nur an die schwarzen Sklaven in Amerika, die den Rock 'n' Roll schufen, oder die Zigeuner, die die europäische Musik beeinflussten – je stärker die Menschen unterdrückt werden, umso lauter singen sie.

Die Friesen, als große Ausnahme, hatten Glück. Sie gewannen alle Kriege, führten erfolgreich viele Aufstände und ließen sich nicht einmal von den fortschrittlichen Römern versklaven. Sie waren herausragende Deichingenieure und -bauer, zimmerten Piratenschiffe, pflanzten Gurken an, aber sie sangen nicht. Schon die römischen Geschichtsschreiber schrieben empört: *Frisia non cantat!* Sie hielten die Friesen für unterentwickelt. Dabei hatten diese einfach keinen Grund zu singen, sie waren frei. Auch die Schweizer, die zwei Weltkriege und andere allgemein europäische Katastrophen gut überstanden, haben nur am Rande in der Weltmusik mitgemacht und geben sich nun mit der kleinen, schmuddeligen Jodelecke im deutschen *Musikantenstadl* zufrieden.

Mein letzter Trumpf in dieser Debatte war der

protzige Untergang der österreichischen Monarchie, der die ganze Zeit von lustigen, lebensfrohen Walzern und beeindruckenden Opern begleitet wurde. Unser Weltkulturerbe, die klassische Musik! Mendelssohn-Bartholdy, Mozart und Salieri? War ihr Werk nicht Ausdruck der Lebensfreude?

Ganz und gar nicht, erklärte Helmut, sie wurden alle von Monarchen unterdrückt. Sie mussten fünf Walzer pro Woche liefern, um den Hof zu unterhalten, wollten aber in Wirklichkeit bestimmt etwas ganz anderes tun.

Was? Ich bekam langsam kalte Füße. Was wollten sie in Wirklichkeit? Rock 'n' Roll?

Gar nichts, sagte mein Kollege nachdenklich. Einfach nur still in einer Ecke sitzen und den Sternen zuschauen.

Und die Musik von heute? Unterdrückung pur. Entweder wird der Musiker oder sein Publikum gequält. Michael Jackson wurde von seinem Vater als Kind auf den Elektroherd gestellt, wodurch er seinen berühmten »Moon Walk«-Tanzschritt lernte und zum *King of Pop* wurde. Der Rapper Eminem hatte eine schlimme Kindheit und konnte so den weißen Sklaven Amerikas eine Stimme verleihen. Und auch die gesamte Rockkultur der Sowjetunion ist aus großem Frust entstanden: Es gab keinen Kinderkanal im

120

Fernsehen, nicht einmal MTV, nur langweilige Pionierlager, schlechte Zigaretten und billigen Schnaps. Damit ließe sich auch erklären, warum die Russen so singanfällig sind. Wir wurden seit Anbeginn der Zeiten unterdrückt, von den Mongolen und Tataren, von Schweden und Franzosen, von der Monarchie und der Revolution, von Stalin und Hitler, von allen, die danach kamen, von schlechtem Wetter und letztendlich von Putin und dem Wildkapitalismus der neuen Zeit. Deswegen können die Russen, selbst wenn sie einander zum ersten Mal sehen, stundenlang zusammen zur Gitarre singen, und immer kennen alle den Text.

Die Deutschen waren zwar auch ähnlich die ganze Zeit unterdrückt und hätten davon ein endloses Lied singen können, haben aber nach 1945 alle Texte vergessen. Deswegen schweigen sie wie Fische, was einem besonders bei russisch-deutschen Partys auffällt. Die Russen fangen nach der zweiten Wodkarunde mit den altbewährten Volksliedern an: »Wenn ich sterbe, wenn ich sterbe« und »Schwarzer Rabe, du kriegst mich nicht«. Danach hören sie nicht mehr auf. Die Deutschen schauen die erste Stunde interessiert zu, versuchen dann, nach der vierten Runde, einen Gegengesang zu organisieren, verlieren sich aber stets in internen Auseinandersetzungen: Die Wessis wollen »Die Gedanken sind frei« singen.

»Scheiß Christenlied!«, regen sich die Ossis auf und schlagen stattdessen den »Kleinen Trompeter« vor.

Warum nicht gleich die »Internationale«?, kontern die Wessis.

»Singt doch: ›O du lieber Augustin‹«, versuchen ihnen die Russen zu helfen und machen dadurch alles nur noch schlimmer. Dieses Lied war in der Sowjetunion durch die vielen Kriegsfilme bekannt geworden, in denen deutsche Soldaten Mundharmonika spielten und dazu »O du lieber Augustin« pfiffen. Die Deutschen von heute spielen keine Mundharmonika und wollen »O du lieber Augustin« nie gehört haben.

Nach der achten Runde sind die Deutschen endlich so weit: Sie versuchen »Kein schöner Land« zu singen, ohne jedoch mehr als die erste Strophe zu kennen. Dann Reinhard Meys »Über den Wolken«, aber wieder fehlt die zweite Strophe – vollkommen aus dem Volksbewusstsein gelöscht. Die heiseren Russen fangen an, hämisch »O Tannenbaum« zu grölen. Aber auch dort fehlt eigentlich der gesamte Text, der über den Titel hinausgeht. Nach der zehnten Runde kommen die Deutschen zum erstaunlichen Ergebnis, dass alle ausgerechnet »Marmor, Stein und Eisen bricht« auswendig kennen, aber es total peinlich finden. Am Ende singen alle zusammen Bob Dylan: gutes altes Liedgut aus dem unterdrückten

Amerika, eine unendliche Schleife von »Blowing in the Wind«:

How many songs have gone from our head,
And how many more should we forget?
The answer, my friend,
The answer, my friend,
The answer, my friend, I have forgotten …

Wo waren wir stehen geblieben? Ich vergesse in der letzten Zeit so viel – angeblich eine alte Musikerkrankheit, unter der neuerdings auch DJs zu leiden haben. Von meinem Lieblingsarbeitsplatz in der Küche aus ist ein Riss an der Decke zu sehen. Er fängt am Fenster an und zieht sich parallel zur Wand bis an die Ecke, wo der Kühlschrank steht. Ich wollte ihn mir schon vor Jahren immer mal näher ansehen, habe es aber jedes Mal vergessen, weil meine Frau mir immer gerade irgendetwas Interessantes zu erzählen hatte, wenn wir in der Küche saßen. Ihre Geschichten lenkten mich vom Riss ab und davon, dass wir dringend die Küche renovieren müssten. Oft vergaß ich sogar, was mir meine Frau gerade erzählt hatte. Dann klatschte sie in die Hände und rief: »Hallo, ist da jemand? Und was habe ich gerade erzählt?«

»Dass gestern bei der Geburtstagsparty … dort

hatte jemand ... also eine Frau ... ein grünes Kleid?«, wiederholte ich fleißig.

»Falsch«, antwortete meine Frau.

»Okay, ein rotes Kleid!«

»Und weiter?«, hakte sie nach.

Nichts weiter. Aber ich hatte zugehört – das Erzählte nur eben vergessen. Nicht die Rückenschmerzen, die Vergesslichkeit ist die wahre Epidemie. Sie wird mit einer ständig wachsenden Zahl von Denkmälern, Mahnmalen und Museen bekämpft, mit Fotografie, bildender Kunst und Literatur. Aber vergeblich. Man vergisst trotzdem alles.

Lange Zeit nutzte ich meine Geschichten als eine Art Denkzettel fürs Leben, zum Beispiel um mich an Orte zu erinnern, die ich besucht hatte. Aber auch das half nichts. Jedes Mal, wenn ich irgendwo landete, wo ich noch nie gewesen war, kamen Menschen auf mich zu, die ich noch nie gesehen hatte. Sie klopften mir auf die Schulter und riefen: »Hallo, Wladimir! Kennst du uns noch? Hier, vor zwei Jahren? Stephan und Bambi! Wir haben ein Interview mit dir gemacht über russische Musik, wo du uns etwas über Bob Dylan erzählt und dabei so blöde aus der Wäsche geguckt hast!«

In solchen Fällen gehe ich auf Nummer Sicher: Ich umarme Stephan und Bambi, schüttle ihnen die

Hände und sage: »Klar doch, Mensch, hier, vor zwei Jahren!«, und dabei überlege ich fieberhaft, wer von den beiden Stephan sein könnte.

Ein alter Freund von mir, der als Psychotherapeut tätig ist, meinte dazu, diese Erinnerungslücken wären eine natürliche Reaktion des Gehirns auf zu viele Kontakte, eine Schutzmaßnahme des Organismus. Ich glaubte nicht daran, denn diese Schutzmaßnahme erreicht eigentlich das Gegenteil: Sie sorgt für noch mehr Kontakte, weil man ein und dieselben Menschen zehnmal kennen lernen kann – und muss. Es ist aber nicht nur eine Krankheit. Vergessen und sich dann plötzlich wieder erinnern ist auch eines der schönsten Gefühle, die es gibt. Und so freue mich jedes Mal neu auf Stephan und Bambi. Vielleicht braucht man diese Erinnerungslücken sogar zeitweise, um die eigene Wahrnehmung zu schärfen. Mein ehemaliger Nachbar zum Beispiel, ein großartiger Mann und treuer Familienvater, verbarrikadierte sich regelmäßig in seiner Wohnung, wenn er betrunken war, und ließ niemanden herein. Sein Sohn schrie dann im Treppenhaus: »Mach auf, Papa, ich bin es! Dein Sohn Sascha!« und trat mit dem Fuß gegen die Tür.

»Wie heißen Sie noch einmal?«, hustete der Vater vorsichtig hinter der Tür.

»Sascha!«

»Wissen Sie was, Sascha, kommen Sie morgen wieder.«

Am nächsten Tag aber war alles wieder in Ordnung. Seine gelegentlichen Verbarrikadierungen gaben ihm die Kraft, auch weiterhin ein verlässlicher Familienvater zu sein.

Viele Künstler haben das Thema Vergesslichkeit schon vor mir thematisiert. Die meisten habe ich zwar vergessen, aber manche sind mir für immer in Erinnerung geblieben. Zum Beispiel der russische Nobelpreisträger Ivan Bunin: Er hat fast ausschließlich darüber geschrieben, und das in einer sehr schönen Sprache. Sein Held, ein älterer, etwas verlebter und wohlhabender Gutsbesitzer, pendelt ohne eine persönliche Angelegenheit durch die Dörfer und Städte. In den Hotels, in den Dorfkantinen oder einfach auf der Straße wird er stets von älteren Frauen aus dem Volk angesprochen: »Gnädiger Herr, kennen Sie mich etwa nicht mehr?« Er sieht sich die Frauen genauer an … Mein Gott! Plötzlich wird die Erinnerung wach: Wie er damals als junger, frischer und unverbrauchter Gutsbesitzer mit der Küchengehilfin Tanja oder Manja viele schöne Stunden verbrachte, die sein Herz höher schlagen ließen. Sie war eine wahre Schönheit gewesen, hatte lange Haare und Riesenbrüste gehabt, aber jetzt konnte er an der alten Hexe nichts mehr davon erkennen. Verfluchter Mist, denkt der romantische Gutsbesitzer – nicht wörtlich, sondern in einer sehr schönen Sprache – und will alles schnell wieder vergessen.

Der englische Autor Evelyn Waugh hat einmal sehr rührend über eine neunzigjährige Gräfin geschrieben, die beschlossen hatte, für ihr ganzes Geld eine Silvesterparty zu veranstalten. Sie betrieb dafür in ihrem Schloss einen riesigen Aufwand: Bestes Essen wurde bestellt, hunderte von Kerzen persönlich angezündet und so weiter. Es kam aber keiner, außer zwei Leuten, die sie gar nicht eingeladen hatte. Die Gräfin schickte die ungebetenen Gäste nach Hause, wunderte sich über all die anderen nicht Erschienenen und starb. Vor dem Begräbnis fand ihr Enkel zufällig in ihrem Nachttisch einen ganzen Stapel Einladungen: Sie hatte vergessen, sie abzuschicken.

Neulich las ich das Buch eines modernen depressiven Autors, dessen Namen ich schon wieder vergessen habe. In seinem Roman erfährt der Held, dass er sehr bald Alzheimer bekommt. Der Arzt schlägt ihm vor, seine wertvollsten Erinnerungen aufzuschreiben, die er vermissen würde. Der Held stochert daraufhin dreihundert Seiten lang in seinem Leben herum, auf der Suche nach dem einst Wertvollen, und begreift am Ende, dass er nichts aus diesem Haufen wirklich vermissen würde. Das will er dem Arzt mitteilen, der aber kann sich nicht mehr an den Patienten erinnern, weil er selbst irgendwie auch nicht mehr ganz bei Trost ist.

Was wollte ich eigentlich damit sagen? Dass der Riss an der Decke jede Woche größer wird…

Je tiefer der Wald,
desto dicker die Partisanen

Jahrelang suchte mein Freund DJ Jurij nach einer
passenden Wohnung am Prenzlauer Berg, die seinen
Vorstellungen von einer idealen Bleibe entsprach. Er
fand sie endlich in der Paul-Robeson-Straße. Das
war bestimmt kein Zufall. Es gibt nicht viele Straßen
auf der Welt, die nach bekannten Musikern benannt
sind, abgesehen vielleicht von den unzähligen Mo-
zartgassen, die es mittlerweile überall gibt. Den zeit-
genössischen Musikern wird eine solche Ehre nur
selten zuteil. Man munkelt zwar, dass die Engländer
vorhaben, die berühmte Abbey Road in Paul McCartney Street umzubenennen, und in Moskau stand ich
schon oft in einem Stau am neuen Platz der Superstars. In Berlin wurde dagegen der amerikanische
Sänger Paul Robeson schon vor Jahrzehnten ver-
ewigt. In seiner Straße gibt es nicht viele Sehenswürdigkeiten, außer einem Kindergarten namens »Freche Früchtchen«, der größten Windpockenquelle des

Bezirks, und der Kneipe »Falling Down«, wo man sich auch dann noch betrinken kann, wenn alle anderen Einschenkzentralen der Hauptstadt schon längst zuhaben.

Jurij, der selbst Sänger und leidenschaftlicher Musiksammler ist, fing sofort an, über den Kollegen zu recherchieren. Er fand sogar auf dem Flohmarkt eine alte sowjetische Schallplatte, auf der Paul Robeson auf Russisch das »Lied an die sowjetische Heimat« singt:

> Groß und weit mein Vaterland,
> Es hat Seen, es hat Wald,
> Ich kenne kein anderes Nest,
> Wo sich so frei atmen lässt!

Auf dem Cover sieht der Mann sehr sympathisch aus. Er lächelt und winkt mit der Hand seinen sowjetischen Fans zu. Was hat diesen großen Amerikaner in die Sowjetunion verschlagen? Wie kommt ein solcher Sänger dazu, den Stalin-Friedenspreis zu bekommen?

Paul Robeson war nicht immer Sänger. Er fing als Fußballspieler an. In der Studentenmannschaft der Columbia University hätte er alle Chancen gehabt, als bester Stürmer in die Vereinsgeschichte einzugehen, wenn er nicht schwarz gewesen wäre. Paul Robeson studierte Jura und wurde Rechtsanwalt, einer der ersten schwarzen Intellektuellen, die von sich reden machten und Hoffnung auf ein besseres, weniger rassistisches Amerika säten. Er wurde in eine angesehene Kanzlei aufgenommen, aber seine weiße Sekretärin weigerte sich, seine Schriftsätze abzutippen. Obwohl Robeson als Anwalt erfolgreich war, verließ er irgendwann die Kanzlei und fing als Schauspieler an. Auch in diesem Beruf war er zum Erfolg verdammt. In vielen Häusern am Broadway wurde er als bester Othello-Darsteller der Theatergeschichte gefeiert. »Wir sehen am Beispiel von Paul Robeson, dass nur ein Schwarzer die für diese Rolle notwendige authentische Aggressivität auf der Bühne entwickeln kann«, schrieben die Feuilletonisten begeistert.

Schnell hatte Robeson auch dieses Affentheater satt. Sein Optimismus Amerika gegenüber ließ nach. Die Jahre vergingen, aber das Land ließ sich nicht aufklären und bessern. Immer häufiger wanderte er im Traum aus. Aber wohin? Warum nicht in die Sowjetunion, die in den amerikanischen Medien stark dämonisiert wurde? Die Russen wären die Wilden, die im ewigen Eis nur darauf warteten, fremden Besitz zu enteignen und zu kollektivieren, so dachte der Durchschnittsamerikaner. Paul Robeson dachte anders und fuhr als Sänger in die Sowjetunion. Schon am Flughafen wurde er von vielen Fans begrüßt. Und obwohl die erste Annäherung nicht ohne Schwierigkeiten verlief, weil seine Freundin, eine englische Schauspielerin, ihn zuvor mit einem Exilrussen betrogen hatte, gewann Paul Robeson in der Sowjetunion schnell viele Freunde. Er tourte durch alle fünfzehn Republiken, sang stets in überfüllten Sälen »Groß und weit mein Vaterland«, lernte Arbeiter, Bauern und Künstler kennen, und einige wurden seine dicksten Freunde. Der Regisseur X und der Schauspieler Y zeigten ihm die guten Restaurants und bewiesen ihm, dass man auch in einer sozialistischen Gesellschaft das Leben durchaus genießen konnte. Langsam wurde er ein Star, ein Superstar. Sein Sohn ging auf eine sowjetische Schule. Der Vater lernte Russisch und sang immer authentischer »Groß und weit mein Vaterland«, und das Publikum sang mit. Als er nach Amerika zurückkam, machte er pausenlos Werbung für die Sowjetunion und sorgte damit für noch mehr Rassenhass und antikommunistische Verstimmung in seiner konservativen Heimat. Paul Robeson spielte mit dem Gedanken, für immer in das Land der Arbeiter und Bauern umzuziehen.

Als er nach ein paar Jahren wieder Moskau besuchte, war sein Freund, der Regisseur X, bereits hingerichtet worden, und der Schauspieler Y saß im Lager. Robeson aber wurde wie beim ersten Mal von freundlichen Fans mit Blumen am Flughafen empfangen. Es waren sogar dieselben Fans.

»Ich würde gerne meine Freunde wiedersehen«, wünschte sich der Sänger, »den Regisseur X und den Schauspieler Y.«

»Der Regisseur macht gerade einen Dauerurlaub auf der Krim, den können wir später besuchen«, antworteten die Fans, »aber den Schauspieler Y, den rufen wir gleich an, er ist irgendwo auf einem Gastspiel in Sibirien. Das Vaterland ist groß und weit, man verliert einander schnell aus den Augen!«

Sie holten den Schauspieler Y aus dem Lager, zogen ihm einen feinen Anzug an, instruierten ihn gründlich und brachten ihn zu Paul Robeson. Das Treffen fand in einem leeren Restaurant statt. Links und rechts von dem Sänger saßen die Fans, draußen standen andere Fans, die für die Sicherheit des Sängers sorgten.

»Wie geht es dir, mein Freund? Du bist so dünn geworden, ich dagegen werde immer dicker!« Paul Robeson umarmte seinen abgemagerten Kameraden.

»Mir geht es eigentlich ganz gut«, antwortete der Schauspieler verlegen.

»Und wie geht es unserem gemeinsamen Freund, dem Regisseur X?«, fragte Paul Robeson.

»Auch ganz gut, eigentlich«, antwortete der Schauspieler Y. Gleichzeitig machte er Paul Robeson Zeichen. Er zwinkerte mit den Augenwimpern, mit den Nasenlöchern, mit dem kleinen Finger an der rechten Hand, er wackelte sogar mit den Ohren, um die geheime Botschaft zu übermitteln: Großer Alarm! Unser alter Freund der Regisseur ist tot, vernichtet, zusammen mit Millionen anderen alten Freunden, ich sitze im Lager, alles ist zum Teufel!

Paul Robeson bemerkte nichts. Sie tranken zusammen einen Wodka auf Stalins Wohl, anschließend wurde der Schauspieler wieder ins Lager gebracht, und Paul Robeson kehrte nach Amerika zurück. Kurz darauf starb Stalin, und sein Nachfolger Chruschtschow fing an, die Verbrechen der Vergangenheit aufzuklären. Viele vom Regime exekutierte Menschen wurden rehabilitiert. Einige wurden sogar exhumiert und auf den hoch geschätzten Friedhöfen Moskaus mit allen Ehren noch einmal begraben. Der Schauspieler Y aber überlebte das Lager. Er kam nach Hause zurück und schrieb seine Memoiren, in denen er gnadenlos über Paul Robeson herzog: »Dieser schwarze Idiot!«, tobte er, »wie kann man nur so dämlich sein, so blauäugig und naiv! Naivität ist schlimmer als Diebstahl und muss als schwerwiegendes Verbrechen bestraft werden«, schrieb er.

Nach Aussagen seiner Familienangehörigen verfiel Paul Robeson, als er von den Verbrechen des Stalinismus erfuhr, in eine tiefe, zwei Monate dauernde Depression. Danach sang er nur noch Blues.

> O Baby, o Baby,
> Du bist ein Murmeltier,
> Du bist ein Vögelein –
> Während du schläfst.
> Hier drin ist's so dunkel,
> Hier drin ist's so kalt,
> Zerschlagt das Fenster,
> denn ich bin zu alt …

Pünktlich zum siebenundachtzigsten Jahrestag der Großen Oktoberrevolution beschlossen wir, das vierjährige Bestehen der »Russendisko« mit großem Pomp zu feiern: Das Ostberliner Theaterhaus »Volksbühne« stellte uns seine Räume zur Verfügung, und ein festliches Programm wurde ausgetüftelt: eine aufrüttelnde Lesung, ein singendes Fräuleinwunder mit ukrainischer Folklore, die zwölfköpfige deutsch-russisch-ungarische Band *Rot Front* und danach wildes Tanzen zur Russendisko bis zum bitteren Ende.

Doch das Schicksal war diesmal hart zu uns. Bereits eine Woche nach seinem Umzug in die Paul-Robeson-Straße und kurz vor dem geplanten Termin holte sich DJ Jurij eine seltsame Grippe. Sie zeichnete sich durch merkwürdige Begleiterscheinungen aus: Juckreiz, rote Flecken hinter den Ohren und Fieber. Der Arzt war unfähig, eine solide Diagnose zu stellen. Er meinte, unser Freund würde an einer speziellen Kratzgrippe leiden. Erst am Tag der Veranstaltung kam die grausame Wahrheit ans Licht: Jurij hatte Windpocken. Doch er benahm sich wie ein Held: Auf gar keinen Fall wollte er uns hängen lassen und erklärte sich bereit, trotz der schweren Krankheit bei den Feierlichkeiten mitzuwirken. Irgendwelche Kinder waren bei unserem Fest nicht zu erwarten, und alle, die schon einmal im Kindergarten Windpocken gehabt hatten, konnten sich sowieso nicht mehr anstecken. Meine Frau war sich sicher, dass sie schon mal als Kind darunter gelitten hatte. Ich dagegen konnte mich an keine Pocken erinnern. Vom Kindergarten war mir nur Grießbrei in Erinnerung geblieben. Ich schloss die Augen und machte eine Reise in die Vergangenheit:

Ein niedriges Haus mit großen Fenstern und einer Veranda, dort wurden die kleinen Kinder an eine dicke Tante abgegeben. Sie weinten, sie wollten nicht bei der Tante bleiben, sie streckten ihre kleinen Hände den Eltern entgegen, die aber schnell in der Morgendämmerung verschwanden. Dann sah ich nur noch Grießbrei vor mir, den die Erzieherin aus einem Riesentopf in die Teller schüttete. Alle aßen, nur ich nicht.

»Iss«, sagte die Tante.

Ich schüttelte nur den Kopf.

»Probier es, es wird dir schmecken«, drängte sie.

»Alle mögen das!« Ich schwieg.

»Du bist einfach noch zu klein und zu dumm für den Brei«, stellte die Erzieherin sachlich fest, »aber mit dem Alter kommt der Appetit.«

Ich aß nichts im Kindergarten. Doch an irgendwelche Krankheiten aus der Zeit konnte ich mich auch nicht erinnern, nur an Grießbrei. Ich spürte, dass ich ihn bis heute, fünfunddreißig Jahre später, noch nicht mochte.

Um etwas über meine Windpocken zu erfahren, rief ich meine Mutter an.

»Ach«, seufzte sie, »das ist doch schon so lange her!«

»Aber vielleicht kannst du dich noch daran erinnern, ob ich schon mal so ein rotes Gesicht hatte, vor fünfunddreißig Jahren?«

»Ein rotes Gesicht? Die ganze Zeit eigentlich«, sagte meine Mutter. »Ja, also einmal hattest du … Mumps!«

»Das ist schon mal gut«, sagte ich.

»Dann hattest du einmal… Masern!«

»Ich schreibe alles auf«, bestätigte ich.

Mühsam, mit Pausen, offenbarte mir meine Mutter die verlorenen Geheimnisse meiner Kindheit. »Keuchhusten! Scharlach! Windpocken! Du hattest alles, mein Sohn! Eine musterhafte, vollkommene Kindheit hattest du!«

Ich atmete auf. Man musste nun bloß noch im Theater für die entsprechenden Quarantäne-Maßnahmen sorgen.

Bereits während der Lesung erklärte ich dem Publikum die missliche Lage unseres DJs und bat alle, die schon einmal Windpocken gehabt hatten, zum Tanzen auf die Tanzfläche zu kommen, die anderen durften sich im Foyer entspannen, Bier trinken und der Musik lauschen. Das zahlreich erschienene Publikum teilte sich sogleich in zwei ungleiche Gruppen auf. Die, die schon einmal Windpocken gehabt hatten, sprangen wie verrückt im grünen Salon nach den Rhythmen unserer Musik herum. »Schneller!«, schrien sie in Richtung DJ. »Schneller, härter, lauter!« Die, die noch keine Windpocken gehabt hatten, saßen im Foyer und warteten geduldig, bis sie welche kriegten. Nach einigen Stunden dämmerte der Leitung der »Volksbühne« langsam, dass sie irgendetwas in ihr schickes Haus eingeladen hatten, das möglicherweise nicht gut für den Parkettfußboden war, ebenso wenig für die sauberen Wände und die neuen Teppiche. Uns war diese Situation nicht neu. Wir hatten bereits einige Theaterhäuser auf dem Gewissen, wollten aber die Veranstaltung im Vorfeld nicht unnötig verkomplizieren. Die verantwortliche Dramaturgin kam zu uns ans DJ-Pult.

»Könntet ihr vielleicht den Leuten übers Mikrofon sagen, dass sie nicht so trampeln, sonst bricht womöglich der Fußboden durch«, meinte sie.

»Nein, das ist leider ganz unmöglich!«, antworteten wir.

»Dann soll doch der Boden einbrechen, ist vielleicht auch besser so«, meinte sie philosophisch. Fünf Minuten später kam sie aber wieder.

»Könntet ihr den Leuten im Foyer übers Mikrofon mitteilen, dass sie ihre Zigarettenkippen nicht auf den Teppich werfen sollen, sonst brennt der ab!«

»Nein, das ist uns leider auch nicht möglich«, mussten wir sie enttäuschen.

»Ach, soll doch der Teppich brennen«, winkte die Dramaturgin resigniert ab und verschwand in der Menge.

Die, die schon Windpocken gehabt hatten, trampelten immer weiter auf den Boden, bis in der unteren Etage die großen Kronleuchter des Foyers ins Schwanken kamen. Sie schaukelten gefährlich über den Köpfen derjenigen, die noch keine Windpocken gehabt hatten, und verminderten so deren Chancen, welche zu bekommen.

Ich wollte meinem Kollegen raten, langsam auf Reggae-Rhythmen umzusteigen, doch Jurij war schon nicht mehr da. Er war längst nach Hause gegangen – wegen seiner Windpocken. Die Musik lief aber auf geheimnisvolle Weise weiter, ohne dass jemand sie steuerte. Ein Wunder! Eine Gruppe deutscher Studenten hüpfte vor mir auf und ab und schrie: »Pocken, Pocken!«

Ich kam ins Grübeln. Ist es ein Lied, das sie möglicherweise bei mir bestellen wollen? Von irgendeiner Kinderband, die ich nicht kannte? *Tattoo* oder so ähnlich? Zwei große, mir unbekannte Blondinen tanzten auf der Bühne zu ihrem eigenen Rhythmus, und ein verrückt gewordener Gast rannte durch den Saal mit einer Klobrille um den Hals, womit er alle provozieren wollte. Vor lauter Aufregung trank ich fünf Tequila hintereinander, von und mit unbekannten freiwilligen Spendern, danach betrachtete ich die Party mit großer Nachsicht und Milde.

Später, gegen Morgen, träumte ich, die ganze Stadt habe Windpocken, nur ich nicht. Menschen mit eingesalbten Gesichtern jagten mich durch die Straßen, sie zeigten mit Fingern auf mich und schrien: »Das ist er! Das ist er!«

Am nächsten Morgen rief ich beim Theater an. Der Abend war ordentlich zu Ende gegangen, der Boden hatte gehalten, die Kronleuchter waren nicht abgestürzt, der Teppich nicht abgebrannt. Und Jurij ging es schon wesentlich besser. Er spielte mit den Nachbarn Halloween, indem er mit einer schwarzen Kapuze über dem Kopf auf dem Balkon stand und alle Fußgänger grüßte. Nach ein paar Tagen waren alle wieder vollkommen fit.

Wenn die Gladiolen blühen

Aus Sachsen, Bayern und der Schweiz bekamen wir regelmäßig Informationen über Leute, die nach unserem Vorbild Tanzpartys mit russischer Musik organisierten und sie genau wie wir »Russendisko« nannten. Sie legten die gleiche Musik auf, in einem ähnlichen Ambiente, und manche sogar mit Erfolg. Kürzlich bekamen wir einen Anruf von einem mit uns mitleidenden Unbekannten aus Wien: »Grüß Gott, ich möchte Sie davon in Kenntnis setzen, dass es hier bei uns in Wien eine Veranstaltungshalle gibt, die eine Veranstaltung organisiert, die Russendisko heißt, und da dachte ich mir, das würde Sie interessieren.«

Jurij ärgerte sich, und ich fürchtete ebenfalls, bald arbeitslos zu werden. Wir fassten unsere Bedenken in einem Schreiben an das Patentamt zusammen: »Das geht doch nicht, wenn jeder DJ-Arsch seine Mucke ›Russendisko‹ nennen darf! Darunter leiden die Qualität und die Autorität. Und aus diesem Grund wollen wir unseren wertvollen Namen schützen!«, schrieben wir.

Die Behörde wollte aber unsere Sorgen nicht verstehen: »Was soll denn das sein, eine Russendisko? Und was für eine Qualität? Wir können uns nichts Rechtes darunter vorstellen«, schrieben sie uns zurück. »Russendisko« sei außerdem keine neue Wortschöpfung, sondern Normaldeutsch und wäre deswegen für alle Menschen benutzbar. Das bedeutete: Selbstverständlich darf jeder DJ-Arsch seine Mugge so nennen, wie er will, ob »Russendisko« oder »Deutschendisko« oder »Franzosendisko«. Dem Patentamt war das vollkommen wurscht.

Uns überfielen daraufhin sofort Selbstzweifel. Vielleicht hatte das Patentamt Recht? Ob wir tatsächlich so wenig außergewöhnlich waren? Ab sofort gaben wir uns Mühe, unseren Veranstaltungen noch mehr Profil zu geben: mit einzigartigen Ansprachen an das Publikum in Russisch und Deutsch, mit Tanz und Gesang auf der Bühne. Jurij erwarb auf dem Flohmarkt für ein paar Euro mehrere Kilo Blasinstrumente mit einem unverwechselbar hässlichen Klang: Kindertrompeten und Melodikas, die wir bei der nächsten Russendisko sofort zu Tode geblasen haben.

»Das Beste aus den Sechziger-, Siebziger-, Achtziger- und Neunzigerjahren, Lieder, die Sie im Schlaf verfolgen werden«, schrien wir abwechselnd ins Mikrofon. Die Leute wunderten sich, betrachteten diese Veränderungen jedoch mit Nachsicht, und einige dachten wahrscheinlich, wir stünden unter Drogen. Doch wir waren nur von unserer eigenen Kreativität und Authentizität berauscht. Wir hatten begriffen, was das Wichtigste am Beruf eines DJs ist: niemals stehen bleiben, sich ständig weiterentwickeln, rappen lernen, selbst Musik machen!

Die Früchte unserer Bemühungen ließen denn auch nicht lange auf sich warten. Unsere Sampler bekamen nur gute Kritiken. Eine namhafte deutsche Musikzeitschrift lud uns ein, für ihre Rubrik »Platten vor Gericht« die Neuerscheinungen des Jahres zu bewerten. Sie schickten uns zwei Dutzend CDs, alles neue, unbekannte Namen, die sich in alle möglichen Richtungen profilieren wollten – Disko, Rap und Heavy Metal. Gut gelaunt schoben wir die erste CD in den Player. Wir wünschten uns von ganzem Herzen, neue, interessante Musiker zu entdecken und jedem von ihnen ein paar aufmunternde Sätze mit auf den Weg zu geben. Doch bald hatten wir das Gefühl, wir würden Radio hören oder eine von anderen gemachte Russendisko besuchen, ohne Laune, ohne Trompeten. Die einen Musiker spielten wie die *Strokes*, die anderen wie *AIR*, und die Rapper waren allesamt kleine böse Eminems. Ob sie ihre Musik wirklich mögen oder nur pragmatisch alles spielen, was gerade angesagt ist?, fragten wir uns frustriert. Nur ein Mädchen namens *Isobel* überzeugte uns. Sie sang so außerirdisch melancholisch, eindringlich und verdorben süß wie der Soundtrack zu einem guten alten Pornofilm. Isobel bekam von uns die beste Note. Für alle anderen hatten wir nur Gift und Galle übrig: »Hört auf, euch am aktuellen MTV-Programm zu orientieren, werdet frei und kreativ!«

Abschließend zu dieser Bewertung mussten wir als Richter angeben, mit welcher Musik wir selbst aufgewachsen waren. Unter der Rubrik »Platten, die Sie geprägt haben« schrieben wir: »Die *Best of* des Chors der sowjetischen Armee«. Das war gewiss eine Übertreibung. Keiner von uns hatte jemals eine solche Platte besessen, und es konnte im Grunde bei diesem Sängerkollektiv auch gar kein *Best of* geben, weil alles, was es sang, gleich klang. So wie auch die Stiefel und Mützen der singenden Offiziere alle gleich glänzten. Voll ausgeschrieben heißt dieses Kollektiv »Das doppelte Rotbanner – Akademisches Ensemble des Gesangs und des Tanzes der russländischen Armee zu Ehren des General-Majors A.V. Alexandrow«, im

145

Volksmund kurz »Chor der sowjetischen Armee« genannt.

Das Ensemble war gleich nach der Revolution entstanden, infolge der umfassenden Verstaatlichungen. Auch die Kunst musste die Interessen des Staates verteidigen, zur Waffe des Proletariats werden, wie die damalige Kulturpolitik es forderte. Der Chor der sowjetischen Armee verscheuchte andere weniger proletarische Gesangskollektive von der Bühne. In den Zwanzigerjahren waren es zunächst zwölf Offiziere, in den Dreißigerjahren dann zweihundertvierundsiebzig, danach hat keiner mehr gezählt. Zu meiner Zeit präsentierte der Chor an jedem Feiertag die unüberwindliche Stärke des Staates im Fernsehen. Seine Aufgabe war es, die Fernsehzuschauer wach zu halten. Das Bild von gemeinsam singenden Obersten und Majoren hat bei uns damals noch jungen Pazifisten ständig für schlechte Laune an den Feiertagen gesorgt. Ich möchte dieses Ensemble trotzdem nicht schwarz malen. Vielleicht hatte der Chor der sowjetischen Armee damals eine große Fangemeinde. Vielleicht konnten sich die Mitglieder vor jedem Auftritt vor durchgeknallten Mädels kaum retten, die ihnen mit spitzen Zähnen alle ihre Schulterklappen abreißen wollten. Vielleicht mussten sie ihre Stiefel ins stöhnende Publikum schmeißen, um die Leute wieder zu beruhigen. Doch ich persönlich kannte niemanden, der etwas für diese singenden Kalten Krieger übrig hatte. Wir rätselten, ob die Tenöre tatsächlich außer Singen auch noch Schießübungen machen mussten und ob der Dirigent eine Knarre trug. Doch dieses Kollektiv hat uns auf die Dauer tatsächlich geprägt.

Als meine Heimat mit dem strengen Sozialismus Schluss machte und alles zu Gunsten des wilden Kapitalismus privatisierte, wurde der Platz in dem festlichen russischen Fernsehprogramm neu belegt. Um satte Quoten zu erreichen, mussten die Fernsehmacher auf die edlen Offiziere in ihren öden sowjetolivfarbenen Uniformen verzichten und stattdessen junge, bunte Bestien heranschaffen, die der neuen Zeit besser entsprachen. Diese Bestien konnten zur Not auch mal oben ohne singen, während die Offiziere es sich nicht einmal erlauben konnten, ihre Mützen abzulegen.

Der wilde Kapitalismus hat den Chor aber nicht nur gedemütigt, sondern ihm zugleich auch einen ungeheuren Kreativitätsschub gegeben. Die Offiziere gründeten eine Wir-AG, lernten zeitgenössische Lieder und konnten bald in beinahe allen Sprachen der Welt singen. Mit ihren plötzlich ulkig gewordenen Uniformen und den kräftigen Stimmen mischten sie mächtig im kapitalistischen Musikgeschäft mit. Sie sangen mit den *Leningrad Cowboys* »Kalinka Malinka« in einer Rock-'n'-Roll-Variante und traten in Amerika und Japan auf. In Berlin standen wir einmal sogar auf derselben Bühne, anlässlich einer deutschen Wiedervereinigungsfeier im Schauspielhaus am Gendarmenmarkt. Dort habe ich sie dann persönlich kennen gelernt. Während ich einige skurrile Geschichten über die Berliner Mauer vorlas, sang der Chor lustige deutsche Volkslieder, die niemand im Saal kannte. Ein Lied hieß zum Beispiel »Drei Mädchen und ich«. Der Solist rollte dabei sehr erotisch mit den Augen und erzählte singend, wie er einmal eine Blondine, eine Brünette und eine Rothaarige in Folge kennen gelernt hatte. Der Chor in seinem Rücken bestätigte derweil aus voller Kehle, dass er auch dabei gewesen war. Für mich war das ein Musterbeispiel an Kreativität.

Die Offiziere waren wie immer frisch rasiert, fröhlich und munter. Ich habe mich per Armeegruß mit ihnen solidarisiert und sie zugleich von allen Seiten aufmerksam studiert: Sie waren leicht verkatert, einige hatten rote Augen, andere goldene Zähne, und der Dirigent besaß tatsächlich eine Knarre, die aber nicht geladen war, wie mir später ihr Westmanager versicherte. Vor allem strahlten die Offiziere einen solchen ungebrochenen Wodka-Optimismus aus, wie er eigentlich nur in einer sozialistischen Gesellschaft möglich war.

Im Sozialismus hatten die offiziellen Liedermacher grundsätzlich nur positive Werte zu vermitteln. Man hatte heimatverbunden, parteitreu und zukunftsoptimistisch zu sein. Das Einzige, was die in den Liedern besungenen Sowjetbürger aus der Fassung bringen durfte, war eine unglückliche Liebesbeziehung. In diesen Schlagern war es immer die Frau, die dem Sowjetbürger weglief. Das hat ihn dann doch sehr traurig gemacht. Aber nicht lange, denn er hatte ja noch immer die Heimat und die Partei, die ihm garantiert nicht weglaufen würden. Wenn die Frauen auch noch geblieben wären, hätte es in der Sowjetunion überhaupt keine traurigen Lieder gegeben. Damit man aber eine gescheiterte Beziehung nicht allzu schwer nahm, wurde in diesen Liedern der Verlust der Frau stets mit dem Kreislauf der Natur in Zusammenhang gebracht: Blühte der Flieder, die Kirsche, die Gladiole, kamen Mann und Frau zusammen, verwelkten die Pflanzen, gingen auch die Menschen auseinander. Später, im wilden Kapitalismus, kamen noch andere traurige Themen dazu. Neben dem Mangel an Frauen etablierte sich der Mangel an Geld fest in der Musikbranche. Ohne kommunistische Partei

und sowjetische Heimat hat sich das Thema »Lebens-
glück« nun endgültig auf Frau und Geld reduziert –
hast du sie nicht, kannst du dich aufhängen.

Im westlichen, entwickelten Kapitalismus ist man
inzwischen viel weiter: Hier kann einer auch ohne
Frau und Geld glücklich werden. Zum Beispiel rein
durch positives Denken. Mein Nachbar Georgij zum
Beispiel, der glaubt, dass man in Büchern Antworten
auf alle Fragen des Lebens finden kann, hat neulich dieses Ungeheuer entdeckt. Die Methode zum
Glücklichsein basiert darauf, dass man andere Menschen manipuliert und sich dadurch angeblich enor-
me Vorteile verschafft. Eigentlich ist das positive
Denken für Leute gedacht, die arbeiten gehen. Dort
können sie ihre Arbeitskollegen als Versuchskanin-
chen benutzen und ihre neu erworbenen Erkennt-
nisse bei ihnen anwenden. Als Langzeitarbeitsloser
hat unser Freund keine solchen Kollegen, nur Freunde und Nachbarn. Kurz gesagt: uns. Deswegen müssen wir sein positives Denken ertragen. Da wird zum
Beispiel empfohlen, immer zu grinsen. Das wirke nur
anfangs aufgesetzt, meinen die positiven Denker,
führe aber dann zu einer Verinnerlichung des Optimismus, wecke Vertrauen und verwandle sich nach
einer gewissen Zeit in ein ganz natürliches Lächeln.
Darauf warten wir nun alle gespannt. Bis jetzt hat

Georgijs Grinsen nur für Unmut bei seinen Mitmenschen gesorgt.

»Hör auf zu grinsen«, sagten alle zu ihm. »Du siehst wie ein verdammter Pinocchio aus, oder hast du am falschen Joint gezogen?«

»Ganz und gar nicht«, meinte Georgij, das sei seine natürliche Körpersprache, die er erst jetzt entdeckt habe.

»Kannst du denn nicht für deine Körpersprache auch mal andere Körperteile benutzen? Die Finger zum Beispiel oder den Hintern? Und nicht immer nur grinsen? Man will dich auch mal traurig sehen, zumindest nachdenklich, romantisch oder verträumt! Hast du überhaupt noch Träume?«, versuchte ich ihn zur Vernunft zu bringen.

Georgij widersprach nicht, er grinste weiter – genauso wie es in seinem Buch über positives Denken empfohlen wird. Ich gab trotzdem nicht auf.

»Du hast doch bestimmt mal Gedichte geschrieben!«

»Klar, als Kind, in der Schule«, nickte er grinsend.

»Was hast du denn geschrieben?«

»Irgendetwas über Tiere, ich kann mich nicht mehr daran erinnern«, antwortete er.

»Das ist aber seltsam, dass du dich an deine eigenen Gedichte nicht erinnern kannst!«

»Sie waren aber auch Scheiße«, grinste er.

»Meine doch auch«, entgegnete ich. »Trotzdem habe ich noch viele davon im Kopf. Ich habe früher sogar Gitarre gespielt und Liebeslieder gesungen. Eines ging so:

Dort, wo alter Ahorn seine Blätter verliert,
Sprach ich oft und gern über Liebe mit dir.
Im September hat man den Ahorn abgesägt,
Und die Liebe war plötzlich aus und weg.

»Das ist aber auch wirklich... äh... sehr schön«, grinste mein Nachbar und wollte gehen.

»Versprich dir nicht zu viel von deinem positiven Denken!«, sagte ich zum Abschied.

Wie unglaublich naiv die Menschen sind – oder bin ich nur zu dumm, um sie zu verstehen? Meine Mutter erzählte mir neulich die letzten Nachrichten aus dem russischen Fernsehen. In Saratow hat eine Firma die halbe Stadt geprellt. Sie hatten den Bewohnern angeboten, Gladiolenzwiebeln für sechzig Rubel das Stück erwerben zu können und sie bei sich zu Hause zwei Wochen lang zu pflegen. Die Firma versprach, danach die angewachsenen Gladiolen garantiert für hundertzwanzig Rubel zurückzukaufen. Überall hatten sie annonciert: »Tausend

Zwiebeln, und Sie haben für drei Jahre ausgesorgt. Zehntausend Zwiebeln, und Sie sind ein reicher Mann!«

Die Bewohner von Saratow brachten wie durchgeknallte Pinocchios ihr letztes Geld zu diesen Betrügern, obwohl man dort schon so viele Geldpyramiden und Pilotenspiele erlebt hat, so viel darüber gelesen und gehört hat. Anscheinend stirbt die Hoffnung auf eine schnelle und ultimative Lösung aller Probleme nie aus. Nach drei Tagen hatte sich die Firma in Luft aufgelöst, nur ein Anrufbeantworter gab die wertvollen Anweisungen immer weiter: »Zweimal am Tag gießen, die Töpfe an einem sonnigen Ort aufstellen.«

Anders als früher hatte aber dieser Betrug eine positive Seite. Saratow ist in diesem Sommer besonders schön geworden. Die ganze Stadt ist voller Blumen, und man hört sich wieder alte Gladiolenschlager mit ruhigem Gewissen im Radio an. Einer lautet:

Gladiolen blühen in jedem Garten,
Ich küsse dich auf rosarote Wangen,
Wolken zieh'n und Regen fällt,
Ich bin der glücklichste Mensch auf der Welt.

In den Gärten verwelken die Gladiolen,
Unsere Beziehung war nur gesponnen,
Ohne Blumen geht's der Liebe schlecht,
Sonne scheint, Wolken ziehen, Regen fällt…

Meinst du, die Russen
wollen Krieg?

Nach vielen Jahren in Deutschland haben wir einiges gelernt, zum Beispiel das Wetter vorauszusagen. Es geht ganz einfach: Wenn Russland sich mit Schnee bedeckt und die Thermometer in Moskau bei minus zwanzig Grad einfrieren, dann rutscht zwei Tage später in Berlin die Temperatur auf null bis minus zwei Grad. Egal, was die Wetterfrösche im Fernsehen über warme Strömungen aus Richtung Atlantik erzählen, die Kälte kommt stets aus dem Osten und hat noch nie einen Bogen um Berlin gemacht.

Neue Wetterverhältnisse bescheren uns regelmäßig neue Jobs. Im Dezember meldete sich die Firma Peugeot. Die Autohersteller wollten dieses Jahr ihre neue Kollektion als russisches Neujahrsfest dekorieren – *Un Noël Russe*. Uns fragten sie nun, ob wir uns an dem Abend eine Russendisko vorstellen könnten. Mein Kollege DJ Jurij hatte gerade nichts zu tun und sagte zu.

Das Neujahrsfest fand in einem schicken Ausstellungsraum Unter den Linden statt. Drei Autos waren geschmackvoll mit künstlichem Schnee aus Plastik überschüttet worden, und überall stieß man auf große, blaue Matrjoschkas. Einige davon hatten einen Bart. An der Wand hing ein großer Adventskalender, gut gefüllt mit Peugeot-Gutscheinen. Außer der Russendisko hatten die Partyorganisatoren noch drei russische Schauspieler engagiert, die eine schwierige Aufgabe bewältigen mussten: Sie sollten während der ganzen Veranstaltung von einem Tisch zum anderen gehen, mit den Gästen Wodka trinken und ihnen russische Märchen vorlesen. Als Ausrüstung bekam jeder Schauspieler ein Kinderbuch mit Märchen und eine Flasche Wodka. Zum Essen gab es Pelmenis, Sandwiches mit Erdbeersoße und dazu russischen Sekt. Unter den etwa hundert Gästen befanden sich viele Russen, Franzosen, Deutsche und ein paar Engländer. Auf die Frage, welche Musik er auflegen solle, bekam Jurij von den Veranstaltern gesagt: »Russisch, zärtlich.« Nur weil unser Musiksortiment zu neunzig Prozent aus Punk-Musik besteht, kam Jurij ins Grübeln. Beim Durchsortieren der Punk-Stücke nach »zärtlich« und »unzärtlich« entdeckte er ein paar zu Unrecht vergessene Titel wieder und lernte so die zärtliche Seite des Punk kennen.

Die russischen Schauspieler hatten anfangs Probleme, die Gäste direkt anzusprechen, sodass sie sich erst einmal Mut antranken. Einige der russischen Gäste fingen ebenfalls vorzeitig an, Wodka zu trinken. Auf die Frage, ob sie nicht auch etwas essen wollten, meinten sie nur: »Den lieben Wodka würden wir auch essen.«

Schnell hatten die Gäste und die Schauspieler denselben Pegelstand erreicht und kamen miteinander ins Gespräch.

»Möchten Sie ein Märchen hören?«, fragte der Schauspieler.

»Erzählen Sie uns lieber etwas aus Ihrem Leben«, baten die Gäste.

Alle schienen den Abend zu genießen. Eine mollige Schauspielerin kam auf Jurij zu: »Junger Mann, Sie sind weltberühmt, würden Sie mir etwas richtig Ekelhaftes auflegen, so aus den Siebzigern?«

Für solche ausgefallenen Wünsche hatte Jurij immer eine alte Platte von Alla Pugatschowa dabei, die aber der molligen Schauspielerin nicht ekelhaft genug war. Erst die ukrainische Folklore begeisterte sie wirklich.

»Wie heißt diese tolle Band?«, fragte sie Jurij.

»Diese Band heißt *WW*«, antwortete er.

»Wunderbar!«, rief die Schauspielerin den Gästen zu. »Kommen Sie hierher, unser Jurij hat *MM*!«

Nach einer Stunde zärtlicher Musik verwandelte sich die Party allmählich in eine Tanzorgie. Jurij legte zuerst fleißig *MM* auf, dann ging er zum traditionellen Punk über. Der künstliche Schnee schmolz zusammen. Die blauen Matrjoschkas wurden rot. Die Russen griffen den schönen Adventskalender ab und stopften sich die Taschen mit Peugeot-Gutscheinen voll. Die Veranstalter waren voller Verständnis. Genau so und nicht anders hatten sie sich *Un Noël Russe* vorgestellt.

Nach diesem gelungenen Abend kam uns die Idee, eine Platte mit zärtlicher russischer Musik herauszubringen, alles zwischen Soul und Reggae. Man kann unter dem russischen Schnee nämlich erstaunlich viel jamaikanische Sonne finden. Die Arbeit an dem Projekt »Russen-Soul« ging trotzdem nur schleppend voran. Die russischen Soul-Musiker erwiesen sich als komplizierte Persönlichkeiten, manchmal noch komplizierter als die Punks. Vor allem aber waren sie sehr langsam bei den Verhandlungen. »Mein lieber Freund«, schrieb uns einer, nachdem Jurij ihn nach den Rechten an einem seiner Songs gefragt hatte, »Sie können sich gar nicht vorstellen, wie schwer es mir fällt, allein nur diese E-Mail an Sie zu schreiben, von irgendwelchen Rechteübertragungen ganz zu schweigen.«

Bei der Auswahl der Musik waren Jurij und ich uns sofort einig. Die Liste der Bands, die dazu gehören mussten, füllte sich wie von allein, nur der Umschlag für den Russen-Soul machte uns zu schaffen. Denn wir hatten beschlossen, dass auf dem Cover die russische Seele abgebildet sein sollte, und zwar in einer Art, dass jeder sie ohne Schwierigkeiten erkennen konnte. Bei der grafischen Darstellung der Seele gingen jedoch die Meinungen aller am Projekt Beteiligten auseinander. Ich schlug ein meiner Meinung nach beeindruckendes Bild vor: eine rotbackige, lebensfrohe Frau mit einem Eisbären an der Leine und einer Fackel in der Hand – in etwa wie die Freiheitsstatue, nur dicker. Der Kollege Jurij lehnte ab unter dem Vorwand, ein solches Bild schon mal auf einer Wodkaflasche gesehen zu haben.

Unser Designer Dima wollte zuerst ein Bild von Rasputin auf dem Cover haben, möglichst mit einem überlangen Bart und verrückt geschminkten Augen. Er machte sogar mehrere Entwürfe dazu, doch sein Rasputin sah immer wie Marilyn Manson aus und hatte mehr mit Drogen als mit der russischen Seele zu tun. Der Kollege Jurij lehnte dieses Motiv ebenfalls ab, mit der Begründung, auch dieses Bild schon einmal auf irgendeiner Wodkaflasche gesehen zu haben.

Von meiner Frau kam die Idee, eine oder mehrere Frauen mit typisch russischem Gesichtsausdruck und Kopftüchern für das Cover zu fotografieren. Wir schossen von allen unseren Frauen viele Fotos. Es war ein amüsanter Fototermin, nur kamen wir dabei irgendwie vom eigentlichen Thema ab, und Kopftücher wollten die Frauen auch nicht tragen. Die Diskussion, wessen Frau denn nun die russische Seele am besten verkörperte, führte ebenfalls in eine Sackgasse. Obwohl es Spaß gemacht hatte, die Frauen zu fotografieren, mussten wir am Ende einsehen, dass es uns vom Eigentlichen abgelenkt hatte. Entweder Frauen fotografieren oder Cover machen, beides zusammen ging nicht.

Die Vorschläge zur grafischen Darstellung der russischen Seele mehrten sich stündlich. Freunde und Bekannte riefen an und erzählten, wie sie sich eine russische Seele vorstellen würden. Jeder schien ein ganz eigenes Bild davon zu haben: von einem Pfeil durchbohrte Herzen, Balalaikas in Blut schwimmend, augenzwinkernde Pik-Damen – das alles wurde diskutiert und dann vom Tisch gefegt. Mein alter Freund Goff rief an und sagte, er habe gerade eben beim Mittagsschlaf deutlich gesehen, wie die russische Seele auszusehen habe: wie diese Kalender aus unserer Kindheit, die bei leichtem Drehen ein anderes Bild zeigten. So sollte auch die russische Seele grafisch dargestellt werden: als wandlungsfähig. Auf einem Bild zum Beispiel Schwanensee und auf dem anderen irgendeine Schweinerei. Jurij meinte dazu nur, ein solches Cover neulich schon irgendwo gesehen zu haben, aber nicht auf einem Wodkalabel, sondern auf der Platte *Psycho Circus* von *KISS*.

Wir waren ratlos. Alles war schon einmal da gewesen. Also ließ unser Designer die Seele ruhen und schnitzte mit einem Messer ein kleines Sternchen auf ein Stück Holz, das sollte dann unser Cover sein.

»Habe ich auch neulich schon mal gesehen, im Lebensmittelladen. Es hieß dort Lebkuchen«, murmelte Jurij, doch da war es schon zu spät.

Viele Kollegen prophezeiten uns einen Flop mit unserem Russen-Soul. »Die westeuropäische Musikwelt ist hochmütig, geldgierig und verschlossen«, erklärten sie uns. Es gäbe da ungeschriebene Gesetze im Showbusiness. »Seit Elvis haben sich die Europäer und die Amerikaner darüber geeinigt, was in der zivilisierten Welt Musik ist und was nicht. Alles, was heute nicht in das gewohnte MTV-Viva-Format passt, muss draußen bleiben, und für die Russen ist kein Platz bei MTV.«

Trotzdem haben wir diese Nuss des Misstrauens geknackt. Die Platte war ein großer Erfolg. Das einheimische Showbusiness riss sich die letzten Haare vom Kopf, alle Übrigen klatschten in die Hände.

Von diesem Erfolg beflügelt, gründeten wir eine eigene Plattenfirma, »Russendisko records«, um Deutschland und den Rest der Welt im großen Stil mit der modernen russischen Musik bekannt zu machen. Nur hatten wir keinen eigenen Vertrieb. Wir sprachen mehrere Firmen an, die in Deutschland Musik verkaufen. Einige wollten uns nicht, andere wollten uns, aber zu drastischen Bedingungen, und etliche haben gar nicht mitbekommen, dass wir sie ansprachen. Letzten Endes landeten wir beim Buschfunk. Ihr Büro befand sich gleich bei uns um die Ecke zwischen dem ostdeutsch-argentinischen Steak-Restaurant, in dem wir jede Woche speisten, und dem einzigen übrig gebliebenen Zoo-Geschäft in unserer Gegend, wo ich unser Katzenfutter kaufe. Man konnte also immer das Private mit dem Geschäftlichen verbinden und auf eine Tasse Kaffee beim Vertriebschef vorbeischauen, sich erkundigen, ob und wenn ja, wie sich unsere Platte verkaufte. Der Vertriebschef drückte mir dann jedes Mal die Debitor/Artikel-Statistik in die Hand, eine dicke Mappe, in der aufgelistet war, wer wann und wie viel von unserer Musik bestellt hatte. Links die Läden, rechts die Menge.

Diese Statistik lese ich seitdem jeden Abend vorm Schlafengehen. Sie liest sich wie ein Beziehungsdrama, das eine verwinkelte Liaison zwischen dem russischen Punkrock und dem deutschen Musikmarkt darstellt. Der aufmerksame Leser findet hier alles – Krieg und Frieden, Kabale und Liebe, Schuld und Sühne. Die Lust auf einen neuen Freund, aber auch große Zweifel: Ist er ein Guter? Oder ein Böser? Saturn Elektro Berlin – dreihundert Stück, Media Markt Jena – ein Stück! Saturn Zwickau – fünfundzwanzig Stück, Media Markt Osnabrück – ein Stück! Ich mache mir nichts vor, natürlich gibt es in Deutschland viele Läden, die unsere Musik nicht nehmen, sich nicht für Russenzeug interessieren, aber solche Läden sind in unserer Statistik gar nicht erst aufgeführt.

Saturn Elektro Köln – hundert Stück! Also, die Kölner brauchen das hier nicht weiter zu lesen. Stuttgart – ein Stück. Oh, dieses eine Stück, dieser zärtliche, unsichere Griff nach der fremden Musik! Machen die Russen nun Rock 'n' Roll? Dürfen die das überhaupt? Dieses eine bestellte Stück macht mir Hoffnung. Darin sehe ich große Wachstumsmöglichkeiten, da haben wir noch zu tun, in Stuttgart.

Media Markt Mainz – ein Stück, Media Markt Koblenz – zwei Stück, Media Markt Bad Kreuznach –

drei Stück! Es geht also voran. Ich stelle mir bildhaft vor, wie unsere Russenmusik sich schleichend durch ganz Deutschland verbreitet, dort das eine Stück, hier das andere, und dann eines Tages plötzlich kommt vielleicht was im Radio.

Frankfurt – fünfundzwanzig Stück, Darmstadt – ein Stück, Wiesbaden – null Stück.

Hallo, Wiesbaden! Meinst du, die Russen wollen Krieg?

Die Kosmonauten

Immer wieder werde ich gefragt, wo ich herkomme.
Sind Sie ein Moskauer? Sind Sie aus Russland? Ich
muss die Fragenden enttäuschen, denn mit dem heutigen Russland habe ich nichts zu tun. Ich komme
nicht aus der russischen Föderation und auch nicht
aus der Gemeinschaft der unabhängigen Staaten
GUS. Ich habe die ersten dreiundzwanzig Jahre meines Lebens in einem ganz anderen Land verbracht.
Über kaum ein anderes wurden so viele Witze, Anek-
doten und Grausamkeiten erzählt. Obwohl es die
UdSSR seit beinahe fünfzehn Jahren nicht mehr gibt,
kann ich meine Landsleute fast immer noch erkennen, besonders gut am Strand oder im Bett: an den
charakteristischen unvergänglichen Pockenimpfun-
gen, die große Narben auf ihrem linken Oberarm
hinterließen. Ich kann mich noch gut an den Mann
im weißen Kittel erinnern, der uns in der fünften
Klasse zur Zwangsimpfung in der Schule besuchte,

an seine Riesenspritze und an sein sardonisches Grinsen. Damals dachten wir, es wird gemacht, um uns eine eiserne Gesundheit zu verpassen und für immer vor allen möglichen tödlichen Krankheiten zu schützen. Heute weiß ich, was das wahre Ziel war: Wir sollten uns immer in der postsozialistischen Welt erkennen können, mindestens am Strand oder im Bett: »Was, du auch?«

Wir hatten übrigens die beste kostenlose Medizin der Welt. Alle, die sowjetischen Ärzten misstrauten und sich weigerten, in die Poliklinik zu gehen, haben mit ihrem Leben dafür bezahlt. Unsere Tabletten waren die größten der Welt und konnten gleichzeitig gegen Kopfschmerzen und Durchfall helfen, wenn man sie richtig einnahm. Und wer jemals bei einem sowjetischen Zahnarzt eine Plombe verpasst bekam, den konnte keine kapitalistische Bohrmaschine mehr aus der Fassung bringen. Die sowjetischen Zahnärzte haben nämlich oft ganz ohne Bohrmaschine, quasi nur mit Hammer und Sichel, ihre Leistungen vollbracht. Manche Plombe saß nicht richtig fest, manche konnte sogar Funkstörungen verursachen, wenn der Patient sich anschließend in der Nähe von Radio- und Fernsehempfängern aufhielt. Aber das hat niemanden weiter gestört. Im Fernsehen hatten wir nämlich nur vier Programme. Auf drei Programmen lief der aktuelle Parteitag, im vierten saß ein uniformierter Schnurrbartträger an einem Tisch und drohte dem Fernsehzuschauer mit dem Finger: »Hör auf herumzuzappen!«

In der Schule lernten wir, wie unser Land entstanden ist, nämlich als die ultimative Antwort auf alle zwischenmenschlichen Konflikte, alle nationalen Auseinandersetzungen, Kriege, Umweltverschmutzungen und Ungleichheiten in der kapitalistischen Klassengesellschaft. Drüben gab es Arm und Reich, es gab die Unterdrücker und die Unterdrückten, bei uns dagegen gab es weit und breit nichts mehr von beidem. Alle waren schon am frühen Morgen freundlich. Auf unseren geografischen Schulkarten war China gelb gezeichnet, Amerika hellbraun und Kanada dunkelgrün. Unser Land war rot und das größte überhaupt. Über die tatsächlichen Ausmaße konnte man nur spekulieren. Mein Nachbar, Onkel Oleg, zum Beispiel arbeitete als Ingenieur in einer geheimen Fabrik zur Produktion von Langstreckenraketen, die den Weltfrieden endgültig sichern sollten. Alle sechs Monate musste er auf Dienstreise zum Kosmodrom Baikonur nach Kasachstan fahren. Sechs Tage mit dem Zug hin und anschließend sechs Tage wieder zurück. Unterwegs stieg er noch wegen verschiedener geheimer Konferenzen aus und übernachtete in irgendwelchen geheimen Hotels. Seine Frau, Tante Inna, war sehr eifersüchtig. Sie rief ihn jede Nacht an.

»Wo bist du, Oleg?«, rief sie durchs Telefon.

»Ich darf es dir nicht sagen«, zischte ihr Mann in den Hörer.

»Wer lacht da im Hintergrund? Bist du allein? Kannst du es beweisen? Beweise es! Beweise es sofort!«

Onkel Oleg kannte viele sowjetische Kosmonauten persönlich, er erzählte uns gern von seinen Begegnungen mit ihnen und genoss große Autorität, denn Kosmonauten waren unsere Helden. Die Entwicklung der Kosmonautik bestimmte die Geschichte unseres Landes. Im Sommer 1957 fand in Moskau das Internationale Festival der Jugend und Studenten statt. Meine Mutter wurde als Leiterin der Komsomolzelle ihres Betriebes, der Schienengabelstapler produzierte, zur Eröffnung geschickt. Sie winkte dort mit einer kleinen Fahne und sang das Lied »Moskauer Nächte«, das in jenem Jahr geschrieben wurde. Die Zeitungen im Westen kommentierten das Ereignis vorsichtig als mögliches Zeichen dafür, dass der Kalte Krieg bald beendet sein würde. Zwei Monate später aber, im Oktober, schossen die Russen ihren ersten Sputnik in den Weltraum. Die Kugel war nicht größer als eine Wassermelone, wog vierundachtzig

Kilo und umkreise in achtundneunzig Minuten einmal die Erde. Die Amerikaner erstarrten.

»Wir sind den Russen ausgeliefert«, schrieb der amerikanische Schriftsteller Paul Dickson in seinem Werk *Russian Sputnik: The Shock of the Century.* »Wir haben sie lange Zeit unterschätzt und gescherzt, eine russische Atombombe in einem Reisekoffer würde es nie geben, weil die Russen zwar Atombomben bauen, aber keine Reisekoffer produzieren könnten. Jetzt werden sie uns mit ihren Bomben vom Sputnik bewerfen, wie kleine Jungs von einer Autobahnbrücke Steine auf Autos schmeißen!«, jammerte Dickson.

Die Amerikaner versuchten auf die Schnelle, ihren eigenen Sputnik als Gegenmaßname in den Orbit zu schießen. Die amerikanische Kugel Vanguard 1 war so groß wie eine Apfelsine und hatte einen kurzen Flug. Vanguard 1 flog eine Strecke von genau vierunddreißig Zentimetern, fiel dann zu Boden und explodierte. Die Russen wussten nichts davon, sie hatten inzwischen eine neue Freizeitbeschäftigung gefunden: Sputnik gucken. Nacht für Nacht kletterten die Jugendlichen auf Dächer und starrten in den Himmel. Einer, der nicht mindestens einmal einen fliegenden Stern gesehen hatte, galt als Versager. Die sowjetischen Zeitungen druckten täglich die Laufbahntabellen des Sputniks ab, um zu demonstrieren, wie viele

Male unser Kügelchen jede Nacht Amerika überflog. Dort gerieten immer mehr Menschen in Panik.

»Der nächste Schritt der kommunistischen Invasion wurde bereits bekannt gegeben«, schrieb die *New York Times*, »China wird kommendes Jahr zwei Offiziere auf den Mars bringen.«

Der damalige Präsident Eisenhower musste das Volk beruhigen. Er hielt den Sputnik für eine Ente der Sowjetpropaganda. »Die Luftaufnahmen sind gefälscht, alles Russenmärchen«, sagte er in einem Interview. Die amerikanischen Musiker reagierten unterschiedlich. Chuck Berry gab sich gelassen: Er zappelte auf der Bühne in seinem berühmten Gänseschritt und sang: »*Russian Sputnik, you can't catch me.*« Little Richard bekam dagegen eine echte Krise. Er glaubte, den Sputnik gesehen zu haben, und deutete ihn als ein Gotteszeichen. Er hörte mit dem Trinken auf, verschenkte seine sieben Cadillacs und wurde Bibelverkäufer.

Die sowjetischen Musiker produzierten damals unzählige Lieder über den Sputnik, über Raketen und die Eroberung des Kosmos. Eine neue Freiheit beflügelte die Menschen. Sie durften zwar nicht nach Amerika, dafür aber vielleicht bald zum Mars. Jeder wollte Kosmonaut werden. Der Staat fing an, die Ersten auszubilden. Die Kugel mit der Inschrift UdSSR flog inzwischen tiefer und tiefer. Die Zeitungen hörten auf, die aktuellen Laufbahntabellen abzudrucken, stattdessen vergrößerten sie das Kreuzworträtsel darunter wieder. Die Hälfte der Bevölkerung hatte Nackenschmerzen vom ständigen Nach-oben-Gucken und kletterte nicht mehr jede Nacht aufs Dach. Nach anderthalb Monaten wurde der Sputnik von unserem Planeten angezogen und verglühte in der Erdatmosphäre. Aus dem Kosmonautentraum wurde für die meisten nichts, es gab einfach zu wenig Raketen. Nur die edlen Zigaretten der Marke Kosmos erinnern heute noch in Russland an die alten Träume, die dann am 12. April 1961 mit dem ersten Menschen im Weltall, Jurij Gagarin, noch einmal lebendig wurden. Jurij stieg zu unserem ersten, ewig jugendlich lächelnden Popstar auf, nachdem er mit seiner Kapsel Wostok eine Stunde und achtundvierzig Minuten lang die Erde umrundet hatte. Noch Jahrzehnte nach seinem Flug wurden tausende Kinder ihm zu Ehren Jurij genannt (Beispiel: mein Kollege Gurzhy). Damals jubelte ihm die ganze Welt zu, die Zukunft der Menschheit sah rosa aus. Der französische Philosoph Emmanuel Lévinas schrieb, mit Gagarins Flug sei endgültig das Privileg »der Verwurzelung und des Exils« beseitigt, von nun an würde es diese beiden Daseinsformen auf der Erde nicht mehr geben!

Die heutigen Kosmonauten von der MIR-Station schwärmen noch immer von dem Gagarin-Rausch, in dem sich seinerzeit die ganze Welt befand. Aber einer gab neulich zerknirscht zu: »Wir haben unser Hauptproblem dort oben nicht gelöst. Wir können zwar seit Gagarin in den Weltraum fliegen, dort arbeiten und wieder zurückkehren, aber wir haben im Weltraum, im Zustand der Schwerelosigkeit keine natürliche menschliche Betätigung gefunden. Bis jetzt konnten wir keine produktive Tätigkeit dort oben entwickeln. Ich empfinde das als persönliches Versagen.« Des ungeachtet werden die einstigen Kosmosträume noch immer gerne besungen, in der postsowjetischen Punkmusik zum Beispiel. Die Band *Leningrad* widmete dem Thema erst neulich ein Lied, das sofort zum Hit wurde:

In jedem von uns

Steckt irgendwas

Wie ein unendlicher Kosmos,

Aber zum Fliegen

Fehlt die Rakete,

Darum hol das Bier

Und Zigaretten!

Kosmos, Kosmos…

Viele in meiner Generation wollten Kosmonauten werden. Manchmal denke ich, wir waren einfach bescheuert. Eine Landsfrau erzählte mir neulich, sie wohne in Köln und arbeite bei einer Computerfirma, und dort in Köln würden ständig irgendwelche Partys und Kostümbälle gefeiert. Ihre Kollegen hatten zuletzt aus Spaß eine Party angekündigt, zu der jeder in dem Aufzug erscheinen sollte, der deutlich machte, was er oder sie als Kind immer werden wollte. Alle männlichen Kollegen verkleideten sich als Fußballer oder Feuerwehrmänner, die weiblichen als Friseurinnen beziehungsweise Verkäuferinnen. Dazu gingen sie in einen speziellen Laden für Kindertraum-Berufskleidung und liehen sich dort die entsprechende Garderobe für zehn Euro pro Tag aus.

»Und was sollte ich machen?«, beschwerte sich meine Bekannte. »Ich wollte Kosmonautin werden, mein Mann noch schlimmer: Stahlkocher. Für so was gibt's in Köln keine Läden!« Aus mehreren Müllsäcken und zehn Rollen Silberfolie kreierten die beiden daraufhin ihre umweltfreundlichen Kosmonauten-Stahlkocher-Anzüge zum Wegwerfen. Als Helm wollte meine Bekannte unbedingt ein Kinderaquarium benutzen, um der Authentizität willen. Zum Glück passte ihr Kosmonautenkopf nicht hinein. Sie lieh sich stattdessen bei einem Freund einen Motorradhelm für die Party aus.

In meiner Jugend begannen die Studienbroschüren *Was möchte ich werden?* stets mit dem Satz: »Mit siebzehn stellt sich jeder die Frage: ›Was möchte ich werden? Womit soll ich mich beschäftigen?‹« Nach einem kurzen Leitartikel waren dann etliche Fachschulen aufgelistet, Ausbildungsstätten für die richtigen Berufe, die das Land brauchte. Kosmonauten und Stahlkocher waren nicht darunter, dafür waren sie aber ständig im Fernsehen. Heute sind in Russland solche Broschüren viel dicker und mit vielen Farbfotos geschmückt, auf denen Männer und Frauen unbestimmten Alters grinsen, weil sie ihre Freude über die gelungene Berufswahl nicht unterdrücken können. Der Leitartikel beginnt jetzt mit dem Satz: »Nicht nur mit siebzehn stellt man sich die Frage: ›Womit soll ich mich beschäftigen? Wie finde ich eine richtige Arbeit?‹« Angeboten wird zum Beispiel eine teure Umschulung für Arbeitsuchende jeden Alters. Besonders populär sind zur Zeit Berufe, die umständliche englische Namen tragen: »Master of Business Administration«, »Manager für soziokulturellen Service im Showbusiness« und so weiter. Das nationale Gesundheitsinstitut wirbt für ein Umschulungsprogramm zum »Berater in nichttraditioneller fernöstlicher Medizin«. Ferner gibt es da »Psychologisches Consulting« oder »Imagemaking«. Das klingt doch alles ganz vernünftig, und wir waren damals wohl einfach bescheuert: Wie kann man sich nur wünschen, Stahlkocher zu werden?

Der Stahlkocher und die Kosmonautin fuhren mit der U-Bahn zur Party. Im Zug erstickten sie fast in ihren Kostümen, und die Passagiere schauten sie ängstlich an. Aber was tut man nicht alles für seinen Kindertraum? Die Party fand in einem Keller statt. Alle tranken Bier und aßen Chips. Niemand wollte ihnen glauben, dass sie tatsächlich solche ausgefallenen Berufswünsche gehabt hatten, alle dachten, es sei ein Gag.

»Warum denn Kosmonaut?«, fragten sie.

»Ich weiß nicht«, entschuldigte sich meine Bekannte. »Es war einfach große Mode. Alle wollten Kosmonauten werden.«

»Alle? Kosmonauten?«, wunderten sich die Kollegen.

»Nicht alle«, sagte der Stahlkocher, »einige wollten auch Stahlkocher werden oder Spione.«

Das Leben in der Sowjetunion war anstrengend, aber interessant. Laut unserem Geschichtsbuch wollten sich uns deswegen immer mehr Länder anschließen. Nach dem Zweiten Weltkrieg hat sich halb Euro-

pa nahezu freiwillig für den Sozialismus entschieden.
Wenig später kamen Korea, China, Kuba, Vietnam
und Afghanistan noch dazu. Die Pessimisten mun-
kelten, dass die sowjetischen Bürger zu nichts nutze
seien, dass alle wichtigen Entdeckungen im Ausland
gemacht würden. Die Chinesen hätten das Schießpulver erfunden, meinte man, die Deutschen das
Fahrrad, die Amerikaner den Computer und so weiter. In der Sowjetunion lachte man darüber. Während
die Chinesen ihr Schießpulver perfektionierten, er-
fanden die Sowjetbürger die Atombombe. Während
die Amerikaner sich mit dem Computer quälten, er-
fanden die Russen die fleischfreien Würste, die bei
weitem wichtiger als Computer waren. Sie waren rot,
wie das Land auf der Karte, und wenn man sie kochte, färbten sie das Wasser rosa. Man konnte den Brei
anschließend auch als Suppe auf den Tisch stellen.
Und die glasierten Quarktaschen Marke Priwjet:
unsere Antwort auf Snickers, die nicht »in Sekunden-
schnelle im Mund zergingen«, sondern für mehrere
Tage dort blieben. Man konnte sie weder schlucken
noch herauskratzen. Keine nationale Küche der Welt
kann solchen Hokuspokus nachmachen.

Durch die Auflösung ist die Sowjetunion mobil geworden und hat sich über die ganze Welt verstreut.
Sie lebt weiter im Herzen ihrer ehemaligen Bürger

und wird dort bleiben, bis der Letzte, der von sich behaupten kann *Born in the UdSSR,* den Löffel abgibt.

Neulich in Chicago, Dewan Ecke California Street, sahen wir in einem russischen Lebensmittelladen namens »Drei Schwestern« ein Plakat: »Zwei Büchsen Sprotten für einen Dollar, nur für Kriegsveteranen nach Vorlage des Ausweises«. Ein sehr alter, einarmiger Mann stand im Laden. »Zeigen Sie mir Ihren Ausweis!«, rief die Verkäuferin hinter der Theke. »Woher soll ich wissen, dass Sie ein echter Kriegsveteran sind? Vielleicht haben Sie die ganze Zeit hinterm Ural gesessen! Vielleicht haben Sie Ihre Hand sonst wohin gesteckt!«

Da wurde wieder ein Stück meiner alten Heimat sichtbar. Auch der Mann auf dem Männerklo im Russischen Haus in Berlin, der immer erst dann die Hose zumacht, wenn er den Toilettenraum längst verlassen hat, ist meine Heimat. Vor allem aber das Lied »Meine Adresse ist Sowjetunion«, das so oft von so vielen sowjetischen Ensembles im Radio und Fernsehen zwischen den Parteitagen gespielt wurde, dass jedem von uns beim Anhören sofort die Pockennarbe rot anlief. Viele würden an dieser Stelle klagen: Aber diese Sowjetunion war doch der Knast der Völker und der Freiheit! Andere werden sagen: Na und? Welcher Staat ist das nicht! Ich sage: Seine

Heimat kann man sich nicht aussuchen. Und oft, wenn ein Sowjetbürger einen anderen Sowjetbürger trifft, egal, ob in Chicago oder in Berlin, dann kaufen sie sich eine Flasche Moskowskaja und ein halbes Kilo Konfekt Roter Oktober, und wenn beides leer ist, erinnern sie sich an das alte Lied:

Die Mädels sind dort immer selbstbewusst,
Die Jungs sind dort immer gescheit,
Und wenn in der Zeitung *Vorwärts* was steht,
Dann wissen alle sofort Bescheid.

Mein Herz bricht heraus
Aus meeeeeiner Brust,
Meine Adresse ist kein Land und kein Haus,
Meine Adresse ist Sowjetskij Sojus!

Meine Adresse ist kein Land und kein Haus ...

Regelmäßig werde ich in Berlin von meinen Landsleuten, den Kosmonauten aus meiner Jugend, besucht. Neulich klingelte in der Nacht das Telefon.

»Hallo!«, sagte eine tiefe männliche Stimme. »Hier spricht die Polizei, ergeben Sie sich! Hahaha! Erkennst du mich noch?« Mein alter Freund mit dem Spitznamen »Backstein« lachte fröhlich in den Hörer.

Er sei gerade in Berlin, akkreditiert beim Kongress »Kinderärzte gegen den Frieden« oder so ähnlich, und wir müssten uns unbedingt treffen, augenblicklich, weil er schon morgen zurück nach Moskau fliege.

Ich erkannte Backis Stimme sofort. Immer wieder tauchen bei mir Leute aus der Vergangenheit auf. Sie rufen nachts an, sagen, dass sie zufällig gerade in Berlin seien, und klopfen mir dann auf die Schulter, als hätten wir uns nicht das letzte Mal vor fünfzehn Jahren in Moskau gesehen, sondern gestern an der Ecke. Wir trinken zusammen auf die alten Zeiten, dann tauchen sie für weitere fünfzehn Jahre unter. Insofern überraschte mich das plötzliche Erscheinen meines alten Freundes Backstein nicht sonderlich. Die Tatsache, dass Backi inzwischen Kinderarzt geworden war, wunderte mich jedoch sehr. Damals, vor fünfzehn Jahren, wollte er Förster werden. Er studierte zu diesem Zweck an der Waldtechnischen Akademie, Sägewerk genannt, und hatte vor, ein langes gesundes Leben in der Taiga zu führen, im Einklang mit der Natur, mit einem Eichhörnchen auf der Schulter und freundlichen Hasen drumherum. Den Weg vom Förster zum Kinderarzt stellte ich mir sehr verwickelt vor.

Wir trafen uns am Hackeschen Markt. Im Wald habe er es nur zwei Monate ausgehalten, erzählte

Backi. Danach sei er in die Stadt zurückgegangen und habe als Gerichtsvollzieher, als Wachmann auf einem privaten Parkplatz, als Schauspieler und Stuntman in einem russischen Action-Film, als Rolltreppenmechaniker und sogar als Fahrkartenkontrolleur gearbeitet. Er habe aber dann verstanden, worauf es im Leben ankomme, behauptete Backi. Es sei völlig unwichtig, was man mache und wo man lebe.

»Du brauchst weder Wald noch Feld, um glücklich zu sein, sondern die richtige Lebenseinstellung«, philosophierte Backi.

»Aber wieso dann Kinderarzt?«, fragte ich ihn.

Sein Nachbar sei Kinderarzt und schon immer aktiv für den Frieden gewesen. »Er wurde zu dem Kongress eingeladen, konnte aber nicht weg und hat deswegen mich dafür angemeldet.«

Backi hatte bereits mit einigen Kinderärztinnen die Sehenswürdigkeiten von Berlin besucht; nach seinen Erzählungen zu urteilen, hatten sie jedoch vor allem eine Spritztour durch die Westberliner Kneipen unternommen. Jetzt, in der Nacht, waren aber die meisten Lokale schon zu, nur ein Thailänder hatte noch auf. Wir betraten den leeren Laden.

»Berlin ist so aufregend!«, jauchzte Backi. »So schön! Unglaublich!« Seine Augen strahlten gelbes Licht aus, sein Gesicht änderte jede Minute die Farbe von Vollrot zu Grauweiß.

»Na ja, geht so«, antwortete ich höflich.

»Ich finde es toll, dass bei euch auch nachts so viele auf den Straßen sind!«

Ich guckte aus dem Fenster. Draußen war kein Mensch zu sehen. Ein kalter Regen nieselte vom Himmel.

»Habt ihr immer so tolles Wetter?«, fragte mich Backi. Langsam kam mir sein Verhalten verdächtig vor. »Und dieses Restaurant hier! Alles so unglaublich thailändisch!«

»Kannst du mir bitte ehrlich sagen, von Kinderarzt zu Kinderarzt, ob du irgendetwas genommen hast, bevor du mich angerufen hast? Wurden auf eurem Kongress vielleicht irgendwelche Drogen getestet?«

»Nein«, meinte Backi, an allem sei allein Berlin schuld, eine so aufregende Stadt! Er bestellte eine Hühnersuppe extra scharf und ein großes Bier. Als die Suppe kam, roch Backi am Teller, sagte »Unglaublich!«, und sackte mit dem Kopf nach unten und dem Löffel in der Hand auf den Boden. Die thailändische Kellnerin blieb mit dem Bier stehen.

»Schütten Sie bitte die Suppe nicht weg, mein Freund muss nur mal kurz an die frische Luft«, bat ich sie und zerrte Backstein nach draußen. Wir stoppten ein Taxi und fuhren zur Notaufnahme ins nächste Krankenhaus. Die Schwester nahm Backi mit in ein verglastes Zimmer, ich blieb im Korridor und wartete. Nach zwei Minuten konnte Backi schon wieder sprechen. »Unglaublich!«, hörte man ihn in dem verglasten Zimmer rufen. »Grandios!«

Das Leben im Krankenhaus brummte, trotz der späten Stunde. Auf dem Flur neben der Toilette stand ein Mann in staatlichem Morgenmantel und weißer Strumpfhose, die ihm ständig runterrutschte. »Ich suche seit drei Tagen hier einen Arzt!«, schrie er. »Hat hier jemand einen Arzt gesehen? Ich verblute seit drei Tagen!«

»Hier ist besetzt!«, antwortete ihm eine Stimme aus der Toilette und spülte demonstrativ laut.

»Ihr Freund hat einen sehr niedrigen Blutdruck, siebzig zu vierzig, kein Wunder, dass er umgekippt ist«, sagte mir die Schwester.

Backi bekam vom Notarzt eine große Spritze verpasst und kam frisch wie ein Neugeborener aus dem verglasten Behandlungszimmer. Er schaute sich um und rieb sich dabei unternehmungslustig die Hände.

»Unglaublich«, wiederholte er, »bin ich etwa voll weggedüst? Wo waren wir stehen geblieben?«

»Beim langen, glücklichen Leben«, sagte ich.

»Genau, beim Thailänder! Die Suppe war toll!«

182

»Gibt es hier in diesem beschissenen Krankenhaus nirgendwo einen Arzt?«, brüllte die weiße Strumpfhose und schlug gegen die Toilettentür.

»Besetzt!«, rief die Stimme hinter der Tür noch einmal und fügte hinzu: »Verpiss dich, ich bin kein Arzt!«

Ich bestellte ein Taxi, und wir fuhren zum Thailänder zurück. Die verständnisvolle Kellnerin hatte nichts weggeschüttet, sie wärmte die Suppe auf und brachte uns neue Biere. Wir tranken auf ein langes, gesundes Leben.

Ein anderer alter Freund, Anton, mit dem ich vor fünfundzwanzig Jahren in Moskau die Schule geschwänzt hatte und der zu der gleichen Clique wie ich gehört hatte – sie hieß »Drei Kippen« –, hat mich übers Internet gefunden und mir eine Nachricht geschickt: »Hier ist Anton. Habe deine Fresse im germanischen Internet gesehen. Wenn du du bist, schick mir sofort deine Telefonnummer!« Sein Stil war auch nach fünfundzwanzig Jahren unverändert. Ich kam ins Grübeln. Es ist so viel Zeit vergangen. Man kann nicht zweimal in denselben Fluss steigen. Er ist ein anderer Mensch geworden, ich bin ein anderer Mensch geworden. Muss man denn die alten Geister quälen? Mit diesem Anton habe ich nur Blödsinn gemacht, zum Beispiel sechsmal den indischen Film *Der Rächer* gesehen, in dem einem Kerl beide Arme abgehackt wurden, er aber trotzdem nicht aufhörte, seine Feinde zu verfluchen, und dabei noch sang und tanzte. Singend lernte der Rächer, Motorrad ohne Hände zu fahren und seine Feinde, eine miese Bande, mit bloßen Füßen zu erledigen. Mit seinem Kopf konnte der Rächer nicht nur singen, sondern auch Türen einschlagen und Fenster zerbrechen. Das konnten wir bald auch. Mit diesem Anton zündete ich Autos auf dem Parkplatz an, wir betranken uns mit Schnaps und saßen nachts im Winter hinter dem Haus im Park, der aus zweieinhalb Bäumen bestand. Wir spielten Gitarre und sangen vom Liebeskummer geplagt trostlose russische und englische Lieder:

> Wir sind wie Fische in einem Glas,
> Die einander ständig umkreisen,
> Wir sehen immer dasselbe,
> Überall tote Bäume.
> Ich wünschte, du wärst hier…

Wish you were here? Wer sollte das sein? Was für tote Bäume? Das war doch pure Pubertät. Ein Vierteljahrhundert ist seitdem vergangen. Trotzdem schickte ich ihm meine Nummer, und er rief mich noch in derselben Nacht an. »Na du, Schriftsteller, was?

Haha, hoho, was schreibst du denn so? Bestimmt irgendwelche Schweinereien über Gruppensex in der Sowjetunion, haha, hoho!« Anton selbst hatte, wie alle anderen Schulkameraden auch, inzwischen große Karriere gemacht, sich zu einem umtriebigen Geschäftsmann entwickelt und war Millionär geworden. »Im September werde ich in Berlin sein, dann gehen wir richtig saufen, wie in den alten Zeiten«, drohte er.

Zwei Monate später rief er wieder in der Nacht an, aus einem Hotel am Gendarmenmarkt.

»Komm um neunzehn Uhr zum Denkmal der dicken Frau, ich werde dort auf dich warten«, sagte er.

»Was denn für eine dicke Frau?« Ich verstand ihn nicht.

»Hier auf dem Platz steht eine dicke Frau in so ein Tuch gewickelt«, behauptete er.

»Das ist keine dicke Frau, das ist Schiller, ein großer deutscher Dichter und Denker«, klärte ich ihn auf.

»Sieht aber wie eine alte Frau aus«, meinte er.

Ich kam etwas verspätet zum Denkmal. Auf Schillers Kopf saß ein einsamer Vogel, unten auf dem Sockel saß Anton mit einer Bierflasche in der Hand. Er hatte sich seit der Schulzeit überhaupt nicht verän-

dert, nur eine Glatze und ein Bauch waren dazuge-
kommen. Wir umarmten uns.

»Ich sitze seit einer halben Stunde hier und höre
die Tauben singen.« Anton zeigte mit dem Finger auf
den Vogel, der auf Schillers Kopf saß.

»Erzähl keinen Quatsch«, sagte ich, »Tauben können nicht singen, sie gurren nur.«

»Nein, glaub mir, der Vogel singt.«

»Wovon sollen diese grauen, fetten Vögel denn singen?«, fragte ich.

»Von der Liebe«, sagte Anton und drehte sich zu
mir. »Alle singen von der Liebe. Das Aussehen ist
egal, genau wie bei Menschen, die auch immer das
Gleiche singen. Lalala pipapo, warum hast du mich
verlassen… Oder sind die deutschen Tauben anders?«

Wir gingen zum Taxistand.

»Wohin?«, fragte der Fahrer.

»Schönhauser Allee«, sagte ich, »und drehen Sie die
Musik bitte etwas lauter.«

Der Taxifahrer lenkte mit einer Hand, mit der anderen drehte er die Skala rauf und runter auf der
Suche nach passender Musik. Oldies, Rapper, piep-
sige Mädchenstimmen und heitere Hardrocker tön-
ten nacheinander aus den Boxen. Die Welt stöhnte in
allen Sprachen, die Welt versank in Liebeskummer,

flüsterte, jauchzte und schrie: »Paparapa, lala, Gabi
wartet im Garten, ich liebe dich, ich liebe dich nicht!«
Das Radio spuckte immer neue Portionen davon aus:
»Du bist alles, was ich habe auf der Welt, du hast es
immer so eilig und nie Zeit, deine Spuren im Sand,
die ich gestern noch fand.« Zwischendurch gab es
Werbung, und dann ging es sofort weiter.

»Geile Tracks, geile Tracks«, lachte Anton. Die ganze Welt sehne sich nach der großen Liebe, es gäbe nie
ein anderes Thema. Und wir wären auch dieselben
geblieben, noch immer wie Fische in einem Glas, und
draußen immer das gleiche Bild – überall tote Bäume.
Ich wünschte mir, der Taxifahrer würde es schaffen, das beste, das einzig wahre Liebeslied aus diesem
Radiosumpf herauszufischen, das uns endgültig auf-
klärte. Wir würden aufhören herumzuzappeln, würden endlich weise und glücklich. Plötzlich wurde es
still im Wagen, und wie aus dem Nichts sagte eine
tiefe männliche Stimme: »Guten Abend. Sie hören
Deutschland-Radio Berlin. Das Thema unseres Kul-
turreports heute lautet: ›Der lange Schatten der Stasi‹.«
Anton und ich kehrten erst in eine Kneipe ein und
dann in noch eine, beobachteten tanzende Menschen
und lernten einen deutschen Schäferhund kennen,
der an unseren Tisch kam. Ich erzählte ihm von Backi
und von der Russendisko, von meiner Arbeit als DJ.

»Und? Sind bestimmt alles Russen, die zu euch kommen! Die tanzen doch nie!«

»Nein, die meisten bei uns sind Deutsche«, erklärte ich.

Aber in einem Punkt hatte mein Freund Recht. Manchmal haben wir im Burger merkwürdige Gäste. In der letzten Zeit kommen manche Leute zu uns, nicht um zu tanzen, sondern um mich kennen zu lernen, zu fotografieren oder einen Wodka mit mir zu trinken. Diesen Ruhm habe ich wahrscheinlich der Quizsendung mit Günter Jauch zu verdanken, in der ich einmal als Fünftausend-Euro-Frage teilgenommen habe. Viele meiner Freunde aus allen möglichen Ecken Deutschlands erzählten mir anschließend begeistert davon, wobei ihre Berichte immer mit dem gleichen Satz anfingen: »Normalerweise gucke ich mir so was nicht an, aber zufällig war ich zu Hause und hatte die Glotze gerade an.« Die Frage lautete: »Welches Buch hat der Schriftsteller Kaminer geschrieben? A. Tschechenclub, B. Polenbeize, C. Estenkneipe.« Der Kandidat machte von all seinen Jokern Gebrauch, er reduzierte die Anzahl der möglichen Antworten auf zwei, rief noch bei seinem Freund, einem Literaturprofessor, an und tippte letztendlich auf Tschechenclub. Geld spiele für ihn keine Rolle, dabei sein sei alles, sagte er abschließend, um sich selbst zu trösten. Seitdem kommen zu uns in die Russendisko lauter Menschen, die sich anscheinend auf das nächste Quiz vorbereiten.

»Du bist doch dieser Schriftsteller, der den Tschechenclub geschrieben hat? Trinkst du einen Wodka mit mir?«

Sie wissen genau, was bei uns Tschechen besonders gern getrunken wird. Tatsächlich war Wodka in meiner Jugend ein populäres Rauschmittel unter den Kulturschaffenden, aber nur bis 1990. In jenem Jahr kam nämlich der regierende Parteiapparat auf die Idee, im Zuge der weiteren Demokratisierung des Landes ein internationales Rockfestival zu organisieren unter dem Motto »Musiker sagen Nein zu Drogen!« Eingeladen wurden unter anderem *Cinderella*, Ozzy Osbourne und *Mötley Crüe*. Eine Woche lang sollten die Gäste aus dem Westen im größten Moskauer Stadion zu den Drogen Nein sagen, obwohl sie selbst schon längst über eine solche Diskussion erhaben waren. Sie brauchten keine Drogen mehr, sie waren selbst welche. Unter den russischen Musikern bekam dieses Festival den Namen »Bienen sagen Nein zum Honig«. Auf russischer Seite nahmen viele vom Wodka geprägte Kollektive am Programm teil. Beide Seiten kamen prima miteinander klar, und das Festival wurde ein großes Fest der Sinne. Ozzy Osbourne war von den russischen Frauen dermaßen begeistert, dass er seine eigene gleich danach zu erdrosseln versuchte. Der Chef der *Scorpions*, Klaus Meine, schrieb nach diesem Festival das Lied »Wind of Change«:

Ich laufe durch Moskau runter zum Gorki
   Park,
Hier ist eine sehr brüderliche Atmosphäre,
Nette Menschen träumen von der großen
   Zukunft,
Ich rieche überall den *Wind of Change...*

Das Lied wurde im Westen zu einem Riesenhit. *Mötley Crüe* wollte anschließend überhaupt nicht mehr nach Hause fahren. Die Band legte nach ihrem Moskauer Aufenthalt eine kreative Pause ein, sie tauchte für ein halbes Jahr unter, um ihre Erfahrungen zu verarbeiten. Man muss dazu sagen, dass es in Moskau vor diesem Festival relativ wenig Drogen gab. Danach veränderte sich die Situation gewaltig. Die russischen Musiker entdeckten damals jede Menge neuer Möglichkeiten, um ihre schöpferischen Leistungen zu steigern. Sie sahen ein, dass man mit Wodka allein nie zu einem waschechten Ozzy Osbourne aufsteigt. Viel Zeit ist seitdem vergangen, trotzdem klebt an den Russen der Ruf der Wodkamenschen. Wenn die Leute bei uns im Tschechenclub vorbeischauen und der Musik lauschen, reagieren sie sofort reflexartig: »Du bist doch der Schriftsteller, trink einen Wodka mit mir!« Ich sage höflich »Nein« oder manchmal auch »Ja«. Dann kommen sie aber noch einmal, bis sie nichts mehr sagen können und nur noch vor dem DJ-Pult hin- und herschaukeln. Wir schauen uns nachdenklich in die Augen und wackeln mit dem Kopf.

Es ist anstrengend, ein Tscheche zu sein.